박산호

책을 좋아하던 어린이는 자라서 책을 좋아하는 소녀를
거쳐 책을 좋아하는 청년이 되었고, 결국 읽고 쓰고
번역하는 일을 하며 살게 됐다. 든든한 혈연, 학연,
지연은 없어도 힘과 영감을 주는 문장을 빽이라 생각하며
의지하고 살았다. 그중에서도 긍정의 기운을 뿜어내는
말들을 이 책에 모았다. 여기까지 버틸 수 있던 비결인
이 말들이 독자에게도 힘이 되길 바라며.

스릴러 소설, 에세이, 그래픽 노블 등 다양한 장르의 책을
영어에서 한글로 100권 가깝게 옮겼다.
『어른에게도 어른이 필요하다』, 『생각보다 잘 살고 있어』,
『소설의 쓸모』 등의 에세이를 썼고, 『너를 찾아서』,
『오늘도 조이풀하게!』 등의 소설을 썼으며,
『번역가 모모 씨의 일일』과 『이대로 살아도 좋아』를
함께 썼다.

긍정의 말들

긍정의 말들

박산호 지음

삶이 레몬을 내밀면

나는 레모네이드를 만들겠어요

유유

들어가는 말
당신에게 희망의 증거가 되어 주기를

한동안 미드 『러시아 인형처럼』에 푹 빠져 있었다. 주인공 나디아가 자신의 생일파티를 기점으로 계속 죽고, 그 이유를 찾는 것이 주요 내용이었다. 나는 어느새 나디아와 같이 그녀가 계속 죽는 이유와 그걸 막을 수 있는 방법을 찾는 데 몰두하고 있었다. 그러다 어느 에피소드에서 나디아는 전남친의 딸에게 자신이 어렸을 때 아꼈던 책을 주기로 해 놓고 약속을 어겼다는 사실을 깨닫는다. 그때부터 나디아는 그 책을 전해주지 못해서 자기가 계속 죽는 게 아닐까, 생각하며 그 책을 찾기 시작한다.

스포일러를 터트리자면, 결국 나디아가 계속 죽게 되는 이유와 그 책은 아무 관계가 없었다. 그 특정 에피소드를 보면서 나는 내게도 그런 인생책이 있는지, 이를테면 시간을 거슬러 가서라도 어린 내게 꼭 소중하게 간직해야 한다고, 그게 인생에 큰 의미를 지니게 될 거라고 말할 수 있는 책이 있는지 생각해 봤다. 그리고 이내 생각났다. 내게도 그런 책이 한 권 있었다. 엘리노어 포터가 쓴 『폴리애너』란 소설이었다.

너무 오랜 시간이 흘렀기에 그 소설이 어쩌다 내 손에 들어왔는지는 전혀 기억나지 않는다. 중요한 건 8살이나 9살쯤 된 내가 그 책을 우연히 읽고 감동했으며 앞으로 나도 폴리애너처럼 살겠다고 결심했다는 사실이다. 물론 책 한 권을 읽었다고 내가 철저한 긍정주의자가 된 건 아니고, 그 후로도 나는 오랫동안 폴리애너를 잊고 살았다. 그러나 위기가 닥칠 때마다 내 마음속에는 외로워도 슬퍼도 울지 않겠다고 다짐하는 캔디보다 어떤 상황에서도 긍정적인 면을 보고 웃던 폴리애너가 떠올랐다.

　　어른이 돼서 내게 폴리애너의 역할을 해 준 존재가 다시 생겼다. 그것은 책이었다. 대학에 들어가면서 한동안 멀어졌던 책을 다시 찾게 됐고, 그때부터 책은 언제나 나를 지켜주는 든든한 성채와 같았다. 책 속에서 인용한 소설 구절처럼 기쁠 때나 슬플 때나 책은 항상 내 옆에 있었고, 나는 책속에서 찾은 문장에 의지해 인생 굽이굽이를 넘겨 왔다. 그러니까 이 책에 수록한 100개의 말들은 내 인생의 길잡이와 같다.

　　『긍정의 말들』을 펼치는 독자의 마음을 잠시 상상해 본다. 만약 당신이 매일 읽으면 소원이 이루어지는 말을 찾고 있다면 이 책을 당장 덮어도 좋다. 이 책에 그런 마법의 주문은 들어 있지 않으니까. 다만 이것만은 약속할 수 있다. 이 책에 수록된 긍정의 말들은 힘든 당신에게 알맹이는 하나도 없이 공허한 파이팅만을 외치지는 않을 거라고. 살아가다가 저도 모르게 무릎이 꺾이면서 주저앉았을 때 잠시 그대로 앉아 여기 있는 말들을 펼쳐보면 나만 힘든 게 아니었다는 위로를 받을 수 있을 거라고. 모든 게 다 잘될 거라는 대책 없는 낙관보다는 고통스러운 현실을 있는 그대로 직시하는 것이 바로 긍정임을 알려 줄 것이라고. 이 책이 거대한 대의나 야망을 안겨 주지는 않겠지만 내 옆에서 다정하게 소곤거리는 희망과 긍정의 증거가 되어 줄 것이라는 건 약속할 수 있다.

유유출판사 대표님에게서 처음 이 책을 쓰자는 제안이 온 건 마침 크리스마스이브 오후였다. 그날 나는 공교롭게도 어마어마하게 줄이 선 코스트코 앞에서 내 차례가 오길 기다리다가 낯선 남자에게 전화를 받았다. 때가 때이니 만치 나는 굵은 저음의 남자가 내게 박산호 씨가 맞느냐고 물었을 때 살짝 설렜다. 혹시 오조오억 년 전에 헤어진 구남친인가? 정답은 보이스피싱범이었다.

내가 그럼 그렇지, 하고 전화를 끊자마자 대표님에게 긍정의 말들을 써보자는 톡이 들어왔다. 나는 그 톡에 애매하게 대답을 하고 집에 돌아가 딸에게 물었다. 태어났을 때부터 나를 지켜본 딸이 흔쾌히 대답했다. "당연히 써야지. 긍정의 말들을 엄마보다 더 잘 쓸 사람은 없다고 봐. 엄마는 어마어마한 긍정주의자 잖아." 그렇게 딸의 격려에 힘입어 나를 지켜 주고 나를 살린 100개의 문장과 함께 그에 관한 짤막한 나의 이야기를 썼다. 이 글을 쓴 지난 2년 가까운 시간 동안 나를 지탱해 준 것은 이 『긍정의 말들』 쓰기 프로젝트였다. 이제 세상에 나갈 이 책이 독자들에게도 같은 방식으로 도움이 되길 부디 빈다.

2024년 여름
박산호

들어가는 말   9

문장 001   14
↓   ↓
문장 100   212

천하태평처럼
보이는 사람들도
마음 깊은 곳을
두드려 보면
어딘가 슬픈
소리가 난다.

나쓰메 소세키, 『나는 고양이로소이다』

어렸을 때 나는 강한 사람이 되고 싶었다. 그래서 가장 닮고 싶었던 TV 애니메이션 주인공은 수다쟁이 빨강머리 앤도 아니고, 외로워도 슬퍼도 울지 않는 캔디도 아니고, 긴 금발을 휘날리던 『은하철도 999』의 메텔도 아니었다.

나는 로봇 태권 V가 되고 싶었다. 무적의 사나이, 넘어져도 다시 일어나 결국 승리하고야 마는 사나이. 어린 내가 숭배한 대상이 태권 V로 상징되는 힘, 극기, 절제, 통제력이었음을 긴 시간이 흐른 뒤에야 알았다.

그때는 그저 낮에는 다정한 아빠가 밤이 되면 시끄러운 술주정뱅이로 변신하는 게 싫었고. 홀로 두 딸을 키우는 엄마가 가끔 눈물을 보이는 모습이 불편했다. 어른이 왜 저래? 어른은 울면 안 되지. 어른이 흔들리면 아이의 세상엔 지진이 일어난단 말이야. 나는 저런 어른은 되지 않겠다고 결심했다.

그러던 내가 로봇 태권 V 같은 사람이 됐음을 깨닫고 퍼뜩 놀란 순간이 있다. 서른아홉에서 마흔으로 넘어갈 즈음이었다. 나는 외로워도 슬퍼도 괴로워도 울지 않고, 턱관절이 너덜너덜해지도록 어금니에 힘을 준 채, 사는 건 그저 버티는 거라고 믿어 왔다. 그러다 고통의 임계점을 넘었을 때 비로소 깨달았다. 10년에 걸친 결혼 생활이 실패했다는 걸, 내가 불행하다는 걸, 더 이상 참고 버티는 게 무의미하다는 걸. 그 껄끄러운 현실을 직시한 순간이 내 인생에서 가장 강해진 순간이었다.

진정한 강함이란 고통을 긍정하고, 고통에 '예스'라고 말하며 받아들이는 능력이다. 겉으로 보기엔 한없이 무심해 보이는 사람들도 그런 강인함을 품고 살아간다. 나쓰메 소세키가 말하는, 마음속에선 슬픈 소리가 울려도 겉으로는 천하태평처럼 보이는 사람들이 그렇듯 말이다.

인생에서 성공하는
한 가지 비결은
좋아하는 음식을
먹고 힘내서
싸우는 것이다.

마크 트웨인

몹시 추운 날이었다. 나는 추위와 긴장으로 덜덜 떨면서 한 출판사로 들어갔다. 그날은 내가 투고한 원고의 피드백을 받는 날이었다. 편집자는 지극히 사무적인 얼굴로 내 원고의 단점들을 랩 가사처럼 읊어 댔다. 나는 울고 싶은 마음을 꾹 삼키며 물었다. "그렇다면 이제 제 원고에서 마음에 들었던 부분을 말씀해 주시죠."

"하나도 없어요." 그는 한 치의 망설임도 없었다.

이런 피드백을 줄 거였다면 굳이 그 먼 길을 왜 오라고 한 거야! 하지만 나는 비굴하게 웃으며 유익한 피드백 감사하다고 말했다.

친구에게 이 굴욕 사건을 털어놓자, 그는 초밥을 사 줬다. 마음은 통곡 중인데 간사한 내 혓바닥은 초밥을 잘도 씹어 삼켰다. 왜 하필 이렇게 맛있는 초밥집으로 날 데려왔냐는 얼토당토않은 원망을 해 가면서. 친구는 이 초밥 먹고 잘 써서 그 편집자에게 복수하라고 했다.

『가난해지지 않는 마음』에서 작가 양다솔이 전세 대출 때문에 죽어도 가기 싫은 회사에 어쩔 수 없이 가야 하는 현실에서 스스로에게 주는 보상으로 매일 맛있는 점심 도시락을 싸 갔다는 이야기를 읽고 빵 터졌다. 3단 도시락은 기본, 때로는 5단에서 7단까지 싸고 국물 요리까지 곁들였다고. 매일 점심을 먹기 위해 태어난 사람처럼 도시락을 쌌다는 그를 보며 고개를 끄덕였다.

좋아하는 음식을 먹고 싸우는 것이 인생에서 성공하는 비결이라는 마크 트웨인의 말은 좀 미심쩍지만, 좋아하는 음식을 먹으면 넘어졌다가도 다시 일어날 기운은 낼 수 있다. 나는 그랬다. 단지 그 편집자에게 통쾌한 복수를 날릴 멋진 글은 아직 쓰지 못했지만….

"내 기분은 내가
정해. 오늘 나는
행복으로 할래."

디즈니 애니메이션 『이상한 나라의 앨리스』에서

앨리스가 한 말

운동을 마치고 집으로 돌아오는 길. 별안간 바늘로 눈동자를 콕 쑤시는 것처럼 짧고 날카로운 통증과 함께 작은 점 하나가 눈앞에 나타났다. 공포가 엄습했다. 몇 달 전 내게 아주 큰 고통을 안겨 준 바로 그 점 같아서. 무서워서 눈을 꽉 감았다 뜨자 점은 사라졌다.

다음 날 컴퓨터 앞에 앉아 작은 글씨들이 빽빽하게 들어찬 모니터를 보며 원고를 교정하고 있었다. 모래알이 굴러다니는 것처럼 까끌까끌하고 아팠지만 대수롭지 않게 여겼다. 순간 왼쪽 눈에 커튼이 흔들리는 것처럼 검은 그늘이 움직였다. 눈을 떴다 감았지만, 커튼은 사라지지 않았다. 낙심하고 말았다. 몇 달 전 망막 파열이란 진단을 받기 전에 나타난 증상과 너무 똑같아서. 까맣게 잊고 있던 의사의 당부가 떠올랐다.

"한번 망막이 파열된 눈은 다시 파열되기 쉬우니 같은 증상이 생기면 바로 병원으로 달려오세요."

부랴부랴 진료 예약을 했지만, 주말이 끼는 바람에 사흘이나 기다려야 했다. 사흘이란 영원 같은 시간. 사흘이란 천금 같은 시간. 다시 망막이 찢어졌을지도 모르는 내 신세를 비관하며 울 수도 있고, 울적한 마음을 달래려 달고 짜고 매운 배달 음식을 폭식할 수도 있고, 왜 이렇게 눈을 혹사했는지 자책하며 보낼 수도 있는 선택의 시간, 사흘.

그러나 나는 앨리스처럼 우아하고 씩씩하게 사흘을 보내기로 했다. 친구들을 집으로 불러 수다 떨고, 중2병에 걸려 웹툰만 보는 조카를 불러내 『스즈메의 문단속』을 같이 보고. 강아지 해피가 놀랄 정도로 오랫동안 산책했다.

내일은 또 내일의 해가 뜨겠지. 일단 오늘은 행복하게 지낼 거야.

"여성들이여,
자신의 전성기가
지났다는 말을
믿지 말아요!"

아카데미 시상식 여우주연상 수상 소감에서

양자경

내 나이를 의식하게 된 건 아이러니하게도 대학에 입학한 열아홉 살 때였다. 그때는 세상이 관대하게 나를 바라봐 주고, 내가 하는 말을 귀 기울여 들어 주었다. 그것이 젊음의 권력 덕분이라는 걸 조금은 짐작하고 있었다. 그래서 한 해 한 해 나이 드는 게 그렇게 두려울 수가 없었다. 그때부터 시작된 나이, 아니 젊음에 대한 집착은 꽤 오래 지속됐다.

그런 집착을 내려놓고, 나의 나이 듦을 인정하고 수긍한 게 불과 몇 년 안 된다. 이제 내 인생은 앞으로 나아가는 게 아니라 뒤로 물러나고 있는 게 아닐까, 생각할 때쯤 어릴 적부터 팬이었던 배우 양자경이 동양인 최초로 아카데미 여우주연상을 받는 모습을 봤다. 그가 황금색 트로피를 들고 "여성들이여, 자신의 전성기가 지났다는 말을 믿지 말아요!" 하고 외치는 모습을 보는데 나도 모르게 눈물이 났다.

그로부터 얼마 뒤, 한 비즈니스 미팅에 나갔다가 전혀 예상 못 했던 분야의 프로젝트 참가 제안을 받았다. 지금껏 한 번도 안 해 본 일이고, 체력적으로나 정신적으로나 힘에 부칠 게 뻔했다. 무엇보다 이 나이에 새롭게 도전하는 게 무서웠다. 그때 상대가 이렇게 말했다. "어머, 블링블링한 50대시잖아요. 지금도 충분히 할 수 있어요."

블링블링과 50대라는 색다른 단어 조합을 듣고 빵 터지는 순간, 양자경 언니가 트로피를 치켜든 모습이 떠올랐다. 그래, 내 전성기가 언제인지는 아무도 모르잖아. 한번 가 보지 뭐! 나는 해 보겠다고 고개를 끄덕이고 말았다. 자, 50대의 블링블링으로 가즈아!

체념이란 하루하루
자살하는 것과
같다.

작가 오노레 드 발자크

2023년에 『소설의 쓸모』라는 에세이를 냈다. 스릴러와 SF 소설에 얽힌 내 이야기를 담고, 더 나아가 사회를 고찰하고 소설이 이런 시대에 어떤 쓸모가 있는지 생각하며 썼다. 초고를 다 들어내고 다시 쓸 정도로 품과 애정을 들였고, 제목이 독특하고 내용이 좋다고 호평도 많이 받았다.

그런데 책이 나오고 두 달 뒤에 받은 인세 보고는 처참했다. 1년을 넘게 들여 쓴 책의 인세로 받은 돈은 오래전에 받은 계약금 100만 원을 제하고 20만 원쯤. 이렇게 노골적인 돈 이야기에 놀라는 독자들도 있을 것이다. 하지만 작가도 밥을 먹어야 하고, 집세를 내야 하고, 공과금과 빚에 시달리는 생활인일 뿐이다. 그런데 1년 동안 쓴 책의 인세가 100만 원 남짓이라면 이건 대단히 심각한 일이다.

나는 불안과 공포에 휩싸였다. 7년 넘게 다양한 장르의 책을 써 왔는데. 가장으로서 돈을 벌어야 하는 내가 책을 쓰는 건 굉장히 어리석은 일이 아닐까. 작가로서 나는 완전히 실패한 게 아닐까. 나는 꽤 오랫동안 잠을 이루지 못했다.

그러다 친구이자 동료인 노승영 번역가가 신문에 쓴 「버킷 리스트 지우기」라는 칼럼을 보고 위로를 받았다. 거기서 그는 실패를 "공기처럼 너무나도 당연한 내 삶의 디폴트"라고 표현하며 기나긴 실패 목록을 읊었다. 그가 이런저런 실패를 거쳐 최근엔 버스킹 오디션에도 떨어졌다는 대목에선 미안하지만 웃고 말았다.

어쩌면 나는 작가로서 실패했는지도 모른다. 그렇다고 당장 머리를 풀어 헤치고 한강으로 달려갈 정도의 실패는 아닌 것 같다. 사실 인생이란 크고 작은 실패를 반복하며 사는 것임을 잠시 잊고 있었다. 그러니, 실패해도 괜찮다. 다만 체념은 하지 않겠다.

하나의 문이
닫히면 또 다른
문이 열린다.
하지만 우리는
닫힌 문만
애석하게 보느라
우리를 위해 열린
문은 보지 않는다.

발명가 알렉산더 그레이엄 벨

처음에 왼쪽 눈의 망막이 파열됐을 때 치료해 주신 선생님이 지극히 담담한 목소리로 말했다. "이번에 다치신 건 왼쪽 눈이지만, 검사해 보니 오른쪽 눈도 망막이 굉장히 약해져 있어요. 언제 왼쪽처럼 파열될지 모릅니다." 와, 자기 눈 아니라고 저렇게 아무렇지 않게 말할 수가. 그때는 그렇게 생각했다. 그런데 선생님이 지극히 비장한 목소리로 말했더라면 더 큰 공포에 떨었을지도 모를 일이었다.

반년쯤 지난 후 오른쪽 눈에 비문증이 시작돼서 헐레벌떡 병원에 달려갔다. 검사해 보니 다행히 망막 파열은 아니었지만, 언제 그런 일이 일어나도 이상하지 않다며 선생님은 예의 직설적이고 터프한 화법을 시전했다. 하지만 당사자인 나는 전보다 더 큰 충격을 받았다.

이제는 텍스트를 보려고 하면 양쪽 눈이 협공을 시작한다. 15분쯤 지나면 눈앞이 온갖 점으로 현란해지고, 두통이 일고, 눈 주위가 따끔따끔 아프다. 번역도 글쓰기도 앞으로 얼마나 할 수 있을지 모른다. 그때부터 텍스트란 문이 닫혔을 때 내가 열 수 있는 문이 뭘까 생각하기 시작했다.

그러다 아파트 게시판에서 어린이집 등하원을 책임질 이모님을 구한다는 공고를 보고 며칠 동안 고민했다. 난 아이들 다루는 법도 모르는데. 단톡방에서 평택에 있는 배스킨라빈스 매장 매니저 공고를 보고 내게 망막과 손목 중 뭐가 더 중한지 고민하기도 했다. 거긴 아이스크림 푸다가 손목 망가진다고 하니까.

이런 나를 친구는 말년에 청력을 잃은 베토벤에 비유했다. 베토벤은 천재지만 난 아니잖아. 요즘은 친한 언니 추천으로 시민 정원사 코스를 알아봤다. 나를 향해 열린 문도 어딘가 있겠지.

네 장미꽃이
그토록 소중한
것은 그 꽃을 위해
네가 들인 시간
때문이야.

앙투안 드 생택쥐페리, 『어린 왕자』

딸이 물었다. "환송객이 뭐야?" 딸의 손가락 끝에 '환송객은 더 이상 들어가실 수 없습니다'라는 문구가 보였다. 나는 곧 비행기를 탈 딸이 보안 검색하는 줄에 같이 서 있었다.

"이제 너 혼자 가야 한다는 뜻이야." 딸의 눈동자가 흔들렸다. "아, 난 아직 준비가 안 됐는데!" 나는 딸을 힘껏 안으며 말했다. "작별이 어떻게 준비가 되겠니?" 혼자 집으로 돌아오는 길에 문득 진주조개 이야기가 떠올랐다.

진주가 갖고 싶었던 조개가 있었다. 그러자 할머니가 말했다. 진주를 키우려면 어마어마하게 아프고 힘든데. 그래도 갖고 싶으냐고. 조개는 그렇다고 대답했다. 할머니는 조개의 여린 살 속에 따끔따끔한 모래알을 심었다. 생각보다 더 아프고 힘들었지만, 조개는 마침내 크고 영롱한 진주를 키워 냈다. 어느 날 찾아온 할머니에게 진주를 자랑하자 할머니가 말했다. "가장 큰 고통이 남았단다. 이 진주를 내주는 고통이지." 결국 병든 어머니의 약값을 벌려는 해녀가 그 조개를 캐내서 진주를 가져갔다.

어렸을 때는 너무 슬프기만 했던 그 이야기가 이제는 달리 읽힌다. 진주는 공들여 키운 자식이고, 조개는 부모 같다는 생각이 든다. 언제까지나 어릴 줄 알았던 자식이 어느 순간 세상으로 나아간다. 영원히 옆에 두고 싶지만 그건 아이의 날개를 꺾는 일. 이제는 각자 갈 길이 다르다.

그것은 아프지만 찬란한 순간이기도 하다. 어린 왕자가 정성껏 키운 장미가 더없이 아름답게 피어난 것처럼, 아파도 뱉어 내지 않고 키운 진주가 눈부시게 빛나는 것처럼, 아이가 나보다 더 근사한 어른이 되어 가는 것처럼. 기쁨과 슬픔이 같은 가지에서 꽃처럼 피어난다.

스톡데일
패러독스:

역경에 처했을 때
현실에 정면
대응하면
살아남을 수
있지만, 무조건
일이 잘 풀릴
거라고 낙관하면
무너지고 만다는
희망의 역설

가끔 번역가가 되고 싶다며 메일이나 DM을 보내는 사람들이 있다. 특강에서도 그런 질문을 종종 받는다. 한 가지 공통점이라면, 다들 해외 유학파나 교포 혹은 영어를 사용하는 업계 종사자라는 점이다.

이해 못 하는 바는 아니다. 어느 정도 영어가 되면 간단한 텍스트를 읽거나 영어로 제작된 드라마나 영화를 보고 다 안다는 착각에 빠지기 쉽다. 조금만 공부하면 책 표지에 이름이 나오는 출판 번역가, 드라마나 영화 크레딧에 이름이 오르는 영상 번역가가 될 수 있을 것 같다. 꿈이 시작되는 것이다.

전에는 꽤 자세하게 대답해 줬는데, 어느 순간 알았다. 그들의 꿈과 현실 사이에는 꽤 큰 강이 흐르고 있으며, 그 강을 건너는 데 필요한 건 영어 실력이나 문장력보다 메타인지와 의지의 힘이라는 걸.

어떤 꿈이든 무조건 긍정적인 생각만으로 이뤄지진 않는다. 매일 번역가가 되고 싶다고 종이에 100번씩 쓰는 게 능사가 아니란 말씀. 번역가가 되려면 내 한국어와 외국어 실력을 냉정히 파악하고, 내가 쏟을 수 있는 시간과 에너지와 돈을 따져 봐야 한다.

긍정적인 태도는 이런 객관화가 끝난 다음부터 효력을 발휘한다. 긍정이란 무조건 상황을 좋게 보면서 다 이뤄질 거란 몽상에 빠지는 게 아니다. 오히려 지금 내가 처한 상황을 철저하게 현실적으로 판단하고 받아들이는 것, 그것이 진정한 긍정이다. 그런 마음가짐 덕분에 스톡데일 장군은 베트남에서의 기나긴 포로 생활에서 살아남아 미국으로 돌아갈 수 있었다.

아픈 생각이
반복되면 습관이
되고, 신념이
왜곡된 채
인생철학이 된다.

윤홍균, 『마음 지구력』

(21세기북스, 2024)

나는 30대 초반까지 비관주의자였다. 돌이켜 보면 어릴 적부터 그랬다. 초등학교 입학하던 해에 부모님이 이혼하면서 삶이 불안해졌고, 집안에 풍파가 몰아닥칠 때마다 삶은 걷잡을 수 없이 요동쳤다.

마음 둘 곳 없어 도망친 픽션의 세계에서 가장 낯선 인물은 햇살처럼 밝아서 모두에게 사랑받는 캐릭터였다. 어떻게 하면 저렇게 환하고 사랑스러운 생명체가 될 수 있지? 나는 그런 밝음은 타고나야 한다고 믿었다. 그에 비해 나는 항상 어두운 사람, 음의 기운을 풍기고 다니는 사람이었다.

이런 내가 바뀌기 시작한 건 30대 초반부터였다. 인생이 어쩌면 이렇게도 안 풀릴 수 있나. 이민하려고 뉴질랜드에 세 번이나 갔지만 결국 실패했고. 통역대학원도 세 번이나 시험 봤지만 번번이 2차에서 떨어졌다. 노처녀로 살다 늙어 죽을까 봐 서둘러 한 결혼은 파경을 맞았다.

그때부터 인생을 바꿔 보려고 읽기 시작한 자기계발서에서 교훈을 하나 건졌다. "인간은 생각하는 대로 되는 존재"라는 것이다. 그전까지 나는 가난하고 인맥도 재능도 없으니 앞으로도 그저 그렇게 살겠지, 생각했다. 여기서 중요한 건 나의 '생각'이었다.

그때부터 생각을 고쳐먹기 시작했다. 과거는 그랬지만, 이제부터 안 그러면 된다. 부정적인 생각이 들려고 할 때마다 모기를 쫓는 것처럼 필사적으로 쫓아 버렸다. 그러다 보니 내게만 유독 냉정해 보이던 인생이 조금씩 풀리기 시작했다. 나는 조금씩 밝아지면서 환한 기운을 뿜어내기 시작했다. 그렇게 20년이 흐른 지금, 나는 긍정의 여왕이 됐다. 이것이야말로 진정한 기적이 아닐까.

**긍정은 길을
찾는다.**

UCLA 모토

'해피'라는 세 살짜리 시바견을 키우고 있다. 대소변을 밖에서 해결하는 종이라 매일 산책해야 한다. 해피를 데려오기 전에는 집 안에서 부엌과 안방과 서재만 오가던 나에게 매일 산책은 축복일지도 모른다. 그러나 문제는 바로 '매일'이다. 비가 오나 눈이 오나, 태풍이 오든 황사가 몰아치든 무조건 나가야 한다.

비 오는 날 산책이라니. 생각만 해도 귀찮고 꿉꿉하다. 어쩔 수 없어 해피가 지독하게 싫어하는 노란색 비옷을 장만했다. 물론 해피가 싫어하는 건 노란색이 아니라 옷이지만. 비 오는 날만큼은 베란다에서 대소변을 해결해 주면 좋으련만, 시바의 고집은 아무도 못 말린다.

보슬비 내리는 어느 저녁. 종일 비가 그치길 기다리다 결국 포기하고, 싫다는 해피에게 억지로 비옷을 입히고, 샌들을 신고 우산을 들고 집을 나섰다. 어둠이 깔린 조용한 공원에서 우리는 빗물이 고인 작은 웅덩이들을 첨벙첨벙 걸어 다녔다. 그러고 보니 이렇게 빗속에서 아이처럼 놀아 보는 게 정말 오랜만이었다.

어둠과 빛이 절묘하게 섞인 봄밤. 우리는 비에 젖어 푹신푹신해진 흙과 초록색이 더 진해진 풀과 놀이터에 깔린 촉촉한 모래를 밟으며 돌아다녔다. 해피는 풀, 나무, 바람, 비의 냄새를 맹렬하게 맡고, 비에 젖은 풀잎이 내 발등과 발가락을 부드럽게 쓰다듬고, 우산으로 떨어지는 빗소리는 작은 종소리처럼 투명했다. 항상 건조하고 아픈 내 눈마저 촉촉해지는 느낌이었다.

거무스름한 나무 밑동에 한쪽 다리를 들고 오랫동안 오줌을 누고, 이어서 젖은 풀잎에 엉덩이를 대고 똥을 눈 해피는 온몸을 흔들어 빗물을 털어 냈다. 그리고 봄밤에 취한 나를 끌고 집으로 달려가는 순간, 공원의 가로등이 하나둘씩 켜졌다. 완벽한 우중 산책이었다.

사랑하는 모든
것은 언젠가는
잃게 되지만
사랑은 결국 다시
다른 모습으로
돌아온다.

수전 케인, 『비터스위트』

(정미나 옮김, RHK, 2022)

일본에 가는 딸을 배웅하러 공항에 종종 간다. 딸과 함께 보안 검색 줄에 서 있는데, 딸이 속삭였다. "뒤에 있는 사람 울어." 슬쩍 고개를 돌려 보니 연인들이 서 있었다.

여자는 백인이고 남자는 중국인 같은데 둘 다 20대 초반으로 보였다. 작고 가녀린 몸에 거대한 배낭을 짊어진 채 안경을 쓴 눈 밑으로 조용히 눈물을 흘리는 사람은 여자였다.

역시 안경을 쓴 남자가 다정하고 아름다운 목소리로 여자를 달래주었다. "시간이 금방 갈 거야. 걱정하지 마. 우린 다시 만날 거고⋯." 그런 남자친구의 말을 들으며 여자는 눈이 빨개지도록 울고 있었다. 작고, 깡마르고, 안경을 쓴 모습이 닮은 두 사람은 연인이라기보다는 남매처럼 보였다.

보내는 남자의 안타까운 마음도, 하염없이 우는 여자의 마음도 다 짠했다. 젊은 날 나도 공항에서 연인들과 몇 번의 작별을 해 봤으니까. 사랑은 영원할 것 같지만, 그리고(그 중국 청년의 말대로) 시간이 빨리 흘러 다시 만날 수도 있지만, 마음은 예전의 그 마음이 아니다.

다시 만난 연인의 얼굴은 변함없어도, 별처럼 빛나던 마음은 어딘가 흐려졌다. 그게 뭔지 표현할 순 없어도 상대가 있어서 지구가 꽉 채워진 것 같은 감정은 이미 사라졌다. 아마, 여자는 그걸 예감하고 그렇게 울지 않았을까. 우리 기쁜 젊은 날의 사랑을 여기 공항에 두고 가야 하는 게 애달파서.

흐느끼는 여자에게 이렇게 말해 주고 싶었다. 지금은 심장이 찢어질 것처럼 아파도 언젠가는 그렇게 울게 만든 연인이 있었다는 사실 자체가 힘이 될 거라고. 결국 우리에게 남는 건 사랑하고 사랑받았던 그 마음 하나다.

앞길을 확신하고
걷는 사람이
어디 있겠어요.
오히려 확신은
어느 날 문득 뒤를
돌아봤을 때,
거기에 찍힌
무수한 발자국을
보며 생긴다는 걸
이제는 압니다.
'이게 맞을까'
의심하면서도
묵묵히 걸어온
내 발자국들
말이에요.

얼스어스 카페 대표 길현희

『롱블랙』인터뷰 2023년 5월 6일 자

초등학교 때 나는 불행한 아이였다. 그래서 아이들은 아무것도 모르는 해맑은 존재라는 편견으로부터 자유로워질 수 있었다. 불행했던 이유 중 하나는 내가 지독하게 평범하다는 사실이었다. 여동생은 하얀 얼굴이 아역 배우처럼 예뻤지만, 나는 통통하고 얼굴이 까만 아이였다. 어른들은 노골적으로 우리의 외모를 비교했다.

집에서도 없는 존재감이 학교에서라고 생길 리가. 한 반에 70명이 넘는 아이들 속에서 내가 내세울 만한 건 하나도 없었다. 나는 가장 만만한 책으로 도망쳤다. 어느 순간 고개를 들어 보니 책을 가장 열심히 읽는 아이는 나였다. 그런데 언젠가부터 책을 읽어도 즐겁지 않았다. 교실 벽에 붙은 잘 쓴 글 가운데 내 글은 없었으니까. 자존심이 상한 나는 원인을 분석했다.

그때는 통일이란 주제가 유행이었는데, 내게 통일이란 너무 아득하고 거대했다. 그래서 벽에 붙은 아이들의 글을 다 읽어 보니 내용과 글투가 거의 비슷했다. 나는 그럴싸하게 그들의 흉내를 냈다.

며칠 후 교실 벽에 붙은 내 글을 봤지만 하나도 기쁘지 않았다. 그건 내 글이 아니었고, 그걸 뽑은 선생님의 안목이 후지다고 생각했다. 난 불행하고 건방진 아이였다. 그러다 중학교 때 '중간고사'를 주제로 한 글쓰기 대회에서 상을 받았다. 아, 나다운 글, 나만이 쓸 수 있는 글을 써야 하는구나.

가끔 생각한다. 글짓기 대회를 휩쓸던 아이들은 어디서 무엇을 하고 있을까. 아직도 글을 쓰고 있을까. 나는 여전히 미련하게 글을 쓰고 있는데. 그렇게 쓴 책이 아홉 권이나 됐다. 내가 글을 잘 쓰는지는 아직도 모르겠지만, 이거 하나는 안다. 나는 글을 쓸 때 가장 행복하다는 걸.

사람은 흔히
슬픔을 센다.
기쁨을 센다면
훨씬 더 행복해질
것이다.

작가 도스토옙스키

부엌 등이 나갔다. 전구를 갈아 끼운 지 2주도 안 됐는데. 며칠 전에는 세탁기를 돌릴 때마다 튀어나오는 회전판을 교체했다. 회전판이 분리될 수 있다니! 김치냉장고에서 깜박이는 빨간 불은 외면 중이다. 2년간 다리가 흔들리던 식탁을 새로 산 게 3주 전, 현관문이 잠기지 않아 번호 키를 교체한 게 열흘 전. 서른 살 넘은 아파트에서 스무 살 넘은 가구와 가전 들과의 동거는 도전의 연속이다.

며칠 전에 급한 원고가 있어서 '50분 작업—10분 휴식'이라는 규칙을 깜박했다. 모니터에서 고개를 들자 갑자기 왼쪽 눈에서 회오리바람이 부는 것처럼 검은 점들이 흩날리기 시작했다. 아픈 눈을 달래기 위해 잠시 감는 순간 눈물이 뚝.

사람 많은 카페에서 울 순 없어 부랴부랴 이어폰을 끼고 애플 뮤직으로 들어가 아무 버튼이나 누르자 「I'm good」이란 노래가 흘러나왔다.

내 몸이 마치 천천히 무너지면서 조용히 쇠락해 가는 낡은 가구들 같았는데. 이젠 젊지 않지만 늙었다고 하기도 애매한 나이에, 눈앞에서 감각의 문들이 하나둘 닫히나 싶어 슬펐는데. 때맞춰 우주가 "I'm good"이라고 속삭여 주는 것 같아 놀랐다.

카페를 나와 미세먼지 그득하지만 햇살은 따스한 거리를 걸으며 생각했다. 그토록 사랑하는 활자는 오래 볼 수 없지만, 강아지 해피가 웃는 모습을 볼 수 있고, 유리 진열장에 있는 도넛의 다채로운 색을 감상할 수 있고, 거리 곳곳에 서 있는 연두색과 초록색 나무들의 미묘한 색감 차이를 음미할 수 있어. 아직은 손에 쥔 슬픔보다 기쁨이 더 많아. 그렇게 나를 달래다 보니 어느새 눈물이 말랐다.

삶은 용기의
정도에 비례하여
축소되거나
확장된다.

소설가 아나이스 닌

『미시즈 해리스 파리에 가다』란 영화를 봤다. 해리스 부인은 남의 집 청소 일로 먹고산다. 어느 날 부인은 고객의 옷장에 걸린 근사한 디오르 드레스를 보고 파리에 가는 꿈을 꾼다. 우여곡절 끝에 드레스 한 벌 살 돈을 간신히 모아서 정말 파리로 가는데.

그걸 보자 오랫동안 미뤄 왔던 숙제가 떠올랐다. 런던 취재 여행이었다. 런던이라니! 취재 여행이라니! 젊은 날의 나라면 입을 떡 벌리며 미래의 나를 부러워하겠지만, 현실의 나는 그저 두렵고 버겁기만 하다. 한 시간만 앉아 있어도 다리에 쥐가 나는데 열 몇 시간씩 비행기를 타야 하고, 영국 물가는 눈 돌아가게 비싸고, 영어를 해야 하고, 길치인데 하루에도 몇 군데씩 찾아가야 하니. 나는 어떻게든 가지 않을 방법을 찾고 있었다. 집에 남아 있을 늙은 고양이와 힘이 넘치는 강아지도 걱정이었다.

그런데 영화에 나오는 해리스 부인은 힘들게 모은 돈을 몽땅 드레스 한 벌에 바치고, 청소부인 자신을 무시하는 속물들 앞에서도 당당하고, 특유의 친화력과 부지런함으로 마침내 꿈을 이룬다. 가난한 노인이지만 열정만큼은 만수르인 그녀. 그 모습을 보니 저절로 고개가 숙여졌다.

어쨌든 영어도 그럭저럭 할 수 있고, 영국에서 살아 봤으니 완전히 낯선 땅도 아니고, 그동안 연구한 찰스 디킨스 취재를 할 좋은 기회인데. 난 핑계만 늘어놓고 있었다.

파리에 다녀온 해리스 부인의 삶은 표면적으로는 변한 게 없었다. 하지만 전보다 깊고 풍요로워진 내면의 변화가 눈빛과 표정에서 나타났다. 그녀가 낸 용기가 그녀를 변화시킨 것이다. 사소하지만 부담스러운 몇 가지 문제를 극복하고 런던에 다녀오면 내 인생도 조금은 달라질까? 나는 두려움 대신 용기를 내기로 했다.

타인의 기척을
기다리지 않는 건
해방이었다.
그리고 힘이었다.

델리아 오언스, 『가재가 노래하는 곳』

(김선형 옮김, 살림, 2019)

『가재가 노래하는 곳』에서 이 문장을 읽는 순간, 순식간에 과거로 돌아갔다. 타임머신을 작동하게 하는 마법의 문장이 있다면 바로 이런 문장이 아닐까. 그때 나는 꽤 오래된 연애를 끝내려 하고 있었다. 정확히 말하면 정리되는 쪽은 나였다는 걸 시간이 좀 많이 흐른 뒤에야 깨달았지만.

뉴질랜드 어학원에서 만난 그는 키가 큰 훈남이었다. 그와 사귀게 됐을 때는 하늘을 나는 듯했지만, 뉴질랜드와 한국을 오가며 3년 넘게 사귄 끝에 우리는 맞지 않는다고 결론을 냈다. 그래도 항복을 선언하기엔 미련이 컸다.

결국 시간이 흘러 나는 한국으로 돌아가고 그는 뉴질랜드에 남아야 했다. 우린 계속 연락하기로 했다. 그때는 헤어진 게 아니었으니까, 공식적으로는. 하지만 한국으로 돌아와 점점 간격이 벌어지는 전화를 기다리던 나는 우리가 끝났다는 걸 깨달았다. 아무 이유 없이 그에게서 전화가 오지 않은 지 2주째였다.

밤마다 베개가 흠뻑 젖도록 울며불며 한 달을 보냈다. 몸속의 수분이 눈물로 다 빠져나간 것 같았던 어느 날 아침, 나는 벌떡 일어났다. 아직도 그날이 기억난다. 환한 햇살을 받으며 그가 준 거대한 곰 인형과 편지들을 동네 재활용 쓰레기통에 버리고 손바닥을 탈탈 털고 돌아오던 날. 그 순간 느껴지던 거대한 해방감을. 나는 자유였다.

소설 속 카야가 인생 최초로 사랑했던 연인의 연락을 폐인처럼 기다리다 어느 순간 그를 자신의 인생에서 끊어 내기로 결심하고 분연히 일어선 것처럼, 나에게도 그런 순간이 있었다. 살다 보면 아프지만 산뜻한 해방감이 느껴지는 작별도 찾아온다.

삶이 레몬을
내밀면,
레모네이드를
만들어라.

철학자이자 작가 엘버트 허버드

가끔 외출할 때 안경 대신 렌즈를 끼고 나간다. 그날도 그렇게 렌즈를 낀 다음 무심코 안경을 거실 테이블에 올려 두고 나갔다. 몇 시간 뒤 끔찍한 사고 현장으로 돌아오리라곤 꿈에도 모른 채.

밤이 되어서 만난 그 안경은 처참한 몰골이 되어 있었다. 강아지 해피가 갈비 씹듯 잘근잘근 씹어서 하나하나 해체한 것이다. 사고를 친 범인은 나를 보자마자 반갑다고 꼬리를 치며 달려들었다.

그 순간 두 가지 생각이 들었다. 이런 식으로 해피가 내 안경을 파괴하는 범죄를 저지른 게 이번이 세 번째. 그리고 이 안경은 누진다초점 렌즈로 맞춘 지 고작 사흘밖에 안 됐고, 무려 40만 원이 넘는 거금을 들였다는 것!

결국 새 안경을 맞춰야 했다. 지난번 안경은 오래된 테에 렌즈만 갈아 끼워서 내 얼굴형과 어울리지 않는다는 사장님의 의견을 적극 반영해 테까지 새로 했다. 가난한 프리랜서 살림에 안경 하나에 100만 원 가까이 쓰다니 억장이 무너졌다. 그러나 이미 사망한 안경을 추모해 봤자지.

새 안경을 쓰고 거울을 볼 때마다 마법의 주문을 외운다. "깨진 안경보다 훨씬 더 근사해. 훨씬 더 잘 어울려. 훨씬 지적으로 보여." 이제, 외출할 땐 안경은 철저하게 안전한 곳에 보관하는 걸 잊지 않는다.

괴물은 실재한다.
유령 또한
실재한다.
그것들은 우리
안에 살고 있고
때로 우리를
이긴다.

작가 스티븐 킹

017

이제는 클리셰가 된 이야기. 체로키 인디언 할아버지와 손자가 나누는 대화로, 인간의 마음속에선 선과 악이라는 늑대 두 마리가 싸우는데 어느 쪽이 이기느냐는 어느 늑대에게 먹이를 주느냐에 따라 달라진다는 이야기다.

그러나 나는 인간의 마음속에는 선과 악이란 늑대보다 오히려 스티븐 킹이 말한 괴물이나 유령이 살고 있을 가능성이 훨씬 크다고 생각한다. 예를 들어 나에겐 불면증이란 오랜 동거인이 있다. 그와 헤어지려고 안 써 본 방법이 없다. 최근에 찾은 해결책은 천연 비타민 성분의 수면 보조제 두 가지를 먹고 눕는 것이었다. 그러면 늙은 고양이가 내 종아리 사이에 느긋하게 자리 잡고 앉아서 기분 좋게 골골송을 시전한다.

이로써 준비 끝. 바로 실신하면 좋겠지만 짧으면 30분, 길면 한 시간가량 몸부림을 치다가 가까스로 잠든다. 이 마의 시간에 걱정 괴물과 의심 유령이 튀어나온다. 걱정 괴물이 먼저 귀에 대고 속삭인다. "너, 눈이 점점 약해지는 거 알지? 그런 눈으로 언제까지 벌어먹을 수 있을 것 같아? 노숙자 돼서 거리에 나앉는 거 순간이야." 간신히 걱정 괴물을 물리치면, 이번에는 의심 유령이 습격한다. "지금까지는 어찌어찌 버텨 왔지만, 사람들도 네가 실력 없는 거 알 때도 되지 않았니? 네 책 이제 안 팔리잖아? 인정해, 너의 무능을." 이렇게 걱정 괴물, 의심 유령과 혈투를 벌이다 지쳐 잠이 든다. 가끔은 이들이 꿈속까지 찾아온다.

그나마 희소식은 7대 3 정도로 내가 이긴다는 점. 아이들은 싸우면서 큰다지만, 어른이 되어도 싸움은 끝나지 않는다. 어른의 전쟁은 성장이 아니라 생존의 문제다. 걱정 괴물, 의심 유령과 오늘도 치열하게 싸우고 있는 이들을 응원한다.

장미를 건네주는
손에는 언제나
장미 향기가 살짝
남는다.

중국 격언

아침에 눈을 뜨면 습관적으로 핸드폰을 들어 페이스북으로 들어간다. 오늘 생일인 페친 목록에서 좋아하는 동네 친구가 보인다. 뭔가 주고 싶다. 카카오톡 선물하기에서 한참 고민하다 하나를 골라 보낸다. 친구에게서 기쁨에 찬 답장이 날아온다. 친구도 기쁘고, 나도 기쁘고. 행복하게 하루를 시작한다.

대기업을 찬양하자는 건 아니지만 이 편리한 시스템 덕에 나는 전보다 천 배쯤 다정한 사람이 되었다. 전에는 누군가에게 선물하려면 정말 큰맘을 먹고 여러 날 고민한 끝에, 매장에 가서 적절한 물건을 골라 포장하고 상대에게 건네는 여러 단계의 의식을 거쳐야 했다. 고심해서 고른 선물이 상대의 마음에 든다는 보장도 없었고, 주는 손이 부끄럽지 않게 돈도 꽤 써야 한다고 생각했다.

그러나 이 신문물 덕분에 나의 마음을 전하기란 문자나 귀여운 이모티콘 하나 보내는 정도로 쉬워졌다. 그 과정에서 딱딱하게 굳어 있던 내 마음도 조금씩 말랑말랑해졌다. 글이 안 풀려 괴로운 작가 친구에게 이거 마시면서 힘내서 쓰라고 커피와 케이크 세트를 보낸다. 아픈 친구에게는 내가 가서 끓여 주진 못해도 대신 챙겨 먹으라고 죽 선물을 보낸다. 쾌유를 바라는 마음도 함께.

선물을 고르고 곁들여 축하나 위로나 격려나 응원 문자를 보내며 기뻐하는 상대의 얼굴을 잠시 상상한다. 나도 덩달아 기분이 좋아진다. 마음을 보낼 만큼 좋은 친구들이 곁에 있다는 사실에 든든해진다. 이들 또한 내가 아프거나 슬프거나 괴로울 때 마음을 보내 줄 테니까.

"장미를 건네주는 손에는 장미 향기가 살짝 남는다"는 중국 격언을 보자 그간 무수히 주고받은 선물들이 떠올랐다. 물건은 사라졌어도 우리가 주고받은 마음은 사라지지 않았다. 주위에서 은은하게 떠도는 잔향처럼, 내 마음속에서 조용히 맴돈다.

프로가 된다는
것은 자신이
사랑하는 일을,
하고 싶은 기분이
들지 않은 날에도
열심히 한다는
뜻이다.

다니엘 핑크, 『드라이브』

(김주환 옮김, 청림출판, 2011)

나는 스물다섯, 그러니까 대학을 졸업한 직후부터 스스로를 먹여 살려 왔다. 그러다 아이를 가져서 낳을 때까지 1년쯤 쉬었고, 그 뒤로는 중간에 일감이 없어서 몇 달쯤 강제로 쉴 때는 있었어도 자발적으로 쉰 적은 없다. 그러니까 일을 한다는 감각은 내게 숨을 쉬는 것처럼 자연스러운 감각이고, 성인이 되고서 일을 통해 내 정체성의 대부분이 만들어졌다고 할 수 있다.

가끔 이런 말을 듣는다. 어쩜 그렇게 오랫동안 일을 할 수 있었어? 어떻게 혼자서 일을 해서 아이를 키우며 살아왔을까? 참 대단하다. 그럴 때면 잠시 멍해진다. 그건 대단 이전에 생존의 문제였으니까. 다행히 돈복은 없어도 일복은 있는 편이어서 좋아하는 일을 하며 살 수 있었다. 좋아하는 소설과 에세이를 번역하고, 다양한 장르의 글을 쓰고, 고맙게도 내 이야기를 듣고 싶어 하는 사람들에게 강연하는 일은 스트레스가 그리 크지 않았다.

그래도 일은 일이고, 엄마가 늘 하는 말처럼 남의 돈을 받기란 쉽지 않은 법이라 울면서 일할 때도 종종 있었다. 프리랜서라 남들 다 쉬는 공휴일이나 남들 다 떠나는 휴가철에도 꾸역꾸역 일한다. 얼마 전에는 이하선염에 걸려 왼쪽 턱 밑이 혹부리 영감처럼 퉁퉁 붓고 온몸이 부서지게 아팠지만 참고 일했다. 왼쪽 눈에 커튼이 휘날리듯 뿌연 그림자가 휘날릴 때도 눈에 인공눈물을 넣어 가며 일했다.

좋아서 하는 일이기만 했다면 그랬을까. 어디까지나 내가 생활인이고 프로라서 그렇다. 프로는 그렇게 마음과 태도의 성을 쌓아 가는 사람이다.

남을 위한 일은
돌고 돌아서
날 위한 일이 돼.

애니메이션『귀멸의 칼날』3기 3화

부의 세습으로 다시 신분제 사회로 돌아간 듯한 요즘. 딸에게 물려줄 재산은 없어도, 내가 열광하는 일본 애니메이션 시리즈 『귀멸의 칼날』에서 나온 이 말만큼은 꼭 물려주고 싶다. 선의 아이콘과 같은 주인공 탄지로가 동료에게 한 대사를 듣는 순간 아! 탄성이 터져 나왔다.

젊었을 땐 남에게 뭔가 부탁하는 게 그렇게 힘들었다. 그게 상대에게 부담을 지우고 폐를 끼친다고 생각했다. 마찬가지로 남을 돕는 일에도 흔쾌히 나서지 못했다. 그렇게 나의 세계는 점점 좁고 폐쇄적으로 변해 갔다. 40대에 들어서야 세상은 어울려 살아가야 한다는 진리를 깨닫고 그때부터 마음 그릇을 키우기 시작했다.

예를 들면 이런 일이다. 한참 번역하느라 정신없는데 후배가 영어 공부를 어떻게 해야 하냐고 카톡을 보냈다. 바빴지만 후배에게 전화해 공부 요령을 가르쳐 주다가 문득 이 방법을 더 많은 사람에게 알려 주고 싶다는 생각이 들었다. 그래서 그걸 글로 정리해 한 플랫폼에 올렸는데 생각보다 좋아해 주는 사람이 많았고 나도 기뻤다. 열렬한 반응 덕분에 원고료도 잘 받았고, 결국 새 책까지 계약하게 됐다.

타인의 모든 일을 내 일처럼 여기고 도울 순 없다. 하지만 여유가 있다면 관대해지는 선택을 하는 편이 복으로 돌아온다. 엄마가 종종 하시는 말씀이 있다. "미움도 내게서 나는 것, 사랑도 내게서 나는 것." 그렇다면 세상에 사랑을 돌려주는 편이 남는 장사일지도.

동년배들이나
전임자들보다 낫기
위해 애쓰지 마라.
자기 자신보다
나은 사람이
되려고 노력하라.

작가 윌리엄 포크너

새 책이 나오기 전에 거행하는 나만의 리추얼. 가까운 대형 서점에 가서 이미 나온 베스트셀러들 사진을 찍는다. 그리고 사진첩에서 그 사진을 자꾸 꺼내 보며 자주 상상한다. 바로 저 자리에 내 신작이 진열된 모습을. 이런 걸 이미지 트레이닝이라고 했던가? 아니면 희망회로를 돌리는 망상이라고 했던가.

이 유치한 리추얼은 내가 쓴 에세이들이 계속 망하면서 그만뒀다. 그 뒤로 베스트셀러 코너는 빛의 속도로 지나가 버린다. 정말 유치함의 절정이지만 어쩌랴, 그런 식으로라도 못난 마음을 풀 수밖에. 어느새 나는 '에세이'라는 말만 들어도 입을 삐쭉거리는 못난이가 되어 버렸다.

사실 내가 베스트셀러를 내지 못하는 이유는 명확하다. 나는 '애매'했다. 나는 연예인처럼 유명하지도 않고, 푸바오처럼 압도적으로 귀엽지도 않으며, 대중의 마음을 치유하는 인플루언서도 아니다. 배가 아플 정도로 글을 잘 쓰는 작가는 해변의 모래알만큼이나 많다.

그렇게 슬럼프에 푹 절어 있다가 포크너의 말을 만났다. 남들 생각하지 말고 나보다 더 나은 사람이 되려고 노력하라니. 어찌 보면 진부한 말이지만, 천하의 포크너님께서 하신 말씀이니 다시 생각해 보고 고개를 끄덕였다.

내가 다른 작가들보다 더 잘 쓰기는 어렵지만, 어제의 나에서 아주 미세하게라도 조금 더 앞으로 나아갈 수는 있지 않을까. 기존에 쓰던 스타일과 사고방식에서 살짝 다른 방향으로 세상을 보는 건 가능하지 않을까. 그렇게 여태까지와는 조금 다르고 나아진 글을 쓴다면 그것만으로도 좋지 않을까.

오늘은 당신에게
남아 있는 날들의
첫 번째 날이다.

사회활동가 애비 호프먼

'오늘은 내게 남아 있는 날의 첫 번째 날'이란 말은 사실 누구나 아는 익숙한 말이라고 생각했다. 그러다 불현듯 그 의미를 실감한 적이 있었다. 제주도에서 1박 2일 일정으로 북토크를 했다. 행사에 관광과 식도락까지 촘촘하게 즐긴 것까진 좋았는데.

집에 돌아온 날 밤 끙끙 앓았다. 왜 이렇게 아프지? 싶어 손을 뻗는데, 왼쪽 턱 밑에서 뭔가 두툼한 게 느껴졌다. 깜짝 놀라 다시 만져 보니 큼지막한 혹이 나 있었다. 그때부터 아픔은 공포로 변했다. 나는 아무것도 보이지 않는 어둠 속에서 혹의 정체가 뭘까 오만 상상을 하며 두려움에 떨었다. 혹시라도 죽을병에 걸렸을 경우 남겨질 인간 아이와 두 반려동물을 걱정했다.

다음 날 부랴부랴 병원을 찾아갔다. 약 먹으면 낫는다고 해서 밤사이 화르르 끓어오른 걱정은 사라졌지만, 좀 더 깊고 근원적인 불안이 찾아왔다. 이제는 당연하게 내일이 찾아온다고 확신할 수 없는 나이가 됐다는 걸.

그때부터 살아 있는 순간에 집중하면서 음미하는 습관을 만들어 갔다. 아침에 눈이 떠지면 또 선물 같은 하루를 주셔서 감사하다는 기도를 (우주에) 드리고, 밥을 맛있게 먹고, 가벼운 운동화로 땅을 디디며 걸어 다닐 수 있음에 기뻐한다. 하루가 이울어 가면 오늘도 별일 없이 지나가서 고맙게 생각한다. 내가 찾아낸, 남아 있는 나날을 보낼 최선의 방법이다.

인간의 고통은
어디선가 멈추게
되어 있다. 바람이
분다고 항상
폭풍이 치지 않는
것처럼.

고대 그리스의 극작가 에우리피데스

정말 위험한 순간이 있었다. 이러다 죽겠다 싶은 순간. 아니, 이 고통이 끝나지 않으면 죽어야겠다고 생각했던 순간이. 일시적으로 스쳐 지나간 생각이 아니라 조금씩 형태를 갖추면서 더는 물러설 곳이 보이지 않으면 정말 뛰어내려야겠다고 결심했다.

그때 나는 글자 그대로 벼랑 끝에 선 심정이었다. 공황장애로 진단받은 딸의 우울증은 깊어만 갔고, 딸을 보살피느라 일도 놓아야 했다. 치료비 때문에 보험과 저축을 다 해약하고도 모자라 빚이 쌓여 갔다. 그러나 딸의 우울증은 차도가 없었다. 밤에 자려고 누우면 숨이 쉬어지지 않았다. 무엇보다 이 고통에 끝이 없을 것 같아 암담했다.

그러던 어느 날, 자꾸만 엇나가던 딸의 뺨이 홱 돌아가도록 세게 후려쳤다. 그러고 나서 독하게 말했다. 그냥 둘이 같이 죽자고. 그날 내 눈빛은 진심이었을 것이다. 그날 이후로 딸의 우울은 조금씩 옅어졌다. 그 무렵 시작한 장 디톡스 요법 때문이었을까 (어마어마하게 비쌌다). 아니면 그간 했던 무수한 치료가 쌓여서 효과가 나타났을까. 그건 아무도 모른다. 확실한 건 그때 나는 정말 죽을 생각이었다는 것뿐.

살다 보면 가끔 무간지옥에 빠진 것처럼 고통에 끝이 없어 보일 때가 있다. 아무리 옆에서 도와주고 걱정해 주고 기도해 줘도 당사자는 절대 고독에 빠져든다. 오직 나만 아는 처절한 고통의 한가운데 있을 때 포기하고 싶은 충동이 찾아온다. 이게 언제 끝날지 모르니까. 그러나 부디 이것만은 잊지 말자. 모든 고통은 언젠가 어디에선가 반드시 멈추게 되어 있다.

어떻게 '여자들'은
항상 더러워진
것을 바꿀 힘이
있을까.

마이아 에켈뢰브, 『수없이 많은 바닥을 닦으며』

(이유진 옮김, 교유서가, 2022)

초등학교 때 경기도 성남으로 이사를 가게 됐다. 단칸방에서 다섯 식구가 1년쯤 살았다. 마당이 있는 시골집에서 단칸방으로의 이동은 내게 추락처럼 느껴졌다. 그래도 반 아이들은 전학생을 신기해하며 친구가 되어 주었다. 덕분에 수업이 끝나면 종종 친구 집에 놀러 갔다. 사는 형편은 다들 비슷했지만, 다른 점이 하나 있었다.

없는 살림에도 정갈하고 윤기가 흐르는 집이 있는가 하면, 귀신 나올 것처럼 어수선하고 지저분한 집도 있었다. 어린 나는 무의식중에 우리 집이 가난해지긴 했어도 나름의 품위는 잃지 않아야겠다고 생각했다. 그래서 날마다 부엌과 방을 청소하고, 얼마 안 되는 가구를 부지런히 닦고, 최대한 공간을 만들어 내려 노력했다. 어린 나에게 그것은 자존심을 지키는 일이자 더는 무너져서는 안 되는 마지노선 같은 것이었다.

대학교에 와서 무수한 단칸방을 거치며 가장 신경 쓴 것 역시 청소였다. 가난은 어찌할 수 없지만 깨끗하게 살 순 있다. 청소는 살아가면서 할 수 있는 일 가운데 가장 기본이라고 생각했다.

하지만 살다가 힘을 잃을 때, 더는 생의 의지를 찾지 못할 때 우리는 그 기본을 지키지 못하게 된다. 음식 쓰레기를 버리러 나가지 못하고, 청소기를 돌릴 힘도, 걸레질할 힘도, 침대 시트를 갈거나 이불을 갤 기력조차 없어진다.

그럴 때는 한동안 자신을 다독였다가 일어나서 하나씩만 해 보는 거다. 커튼을 열고 환기를 시키거나, 이불을 개거나, 싱크대에 산더미처럼 쌓인 그릇 중 컵 하나만 씻어 본다거나. 그렇게 발목을 잡는 늪에서 발가락을 하나씩 빼다 보면 다시 품위 있는 생활로 돌아갈 수 있다.

도달해야 할
이상향은 없으므로,
자유롭게.

김신록,『배우와 배우가』

(안온북스, 2023)

새로운 일을 벌이면서 새로운 사람들을 만나게 됐다. 같은 출판 계라면 다들 아는 사이니 굳이 명함을 주고받을 필요도 없지만, 업계가 달라지면 나를 처음부터 소개해야 한다. 무엇보다 남들이 다 명함을 돌릴 때 나만 "명함이 없어서…"라고 변명하기도 민망하다. 그래서 명함을 만들기로 결심했다.

그렇게 마음먹고 보니 중요한 건 명함 디자인이나 색깔이나 용지가 아니었다. 대체 나라는 사람을 어떻게 소개해야 할까? 일단 가장 오래 한 일은 번역이니 번역가라고 쓸까 싶지만, 새 일을 찾아야 하는 상황에서 잘못된 메시지를 전할 가능성이 크다. 그렇다면 '번역가/작가'라고 할까? 하지만 그것도 좀…. 아니면 강사라고 쓸까? 강의하는 걸 좋아하니까. 그렇다고 강의만 하는 것도 아닌데. 통역도 하고 싶고, 요즘 하는 인터뷰 작업도 나랑 아주 잘 맞는데.

고민이 깊어지는 만큼 명함에 넣고 싶은 문구도 자꾸만 늘어났다. 이제 명함이 아니라 자소서가 되어 가는 상황. 그러다 배우 김신록의 인터뷰를 보게 됐다. "삶에서 다양한 역할을 하며 열심히 살아가는 이들"을 위해 한마디 해 달라는 질문에 그는 이렇게 답했다. "도달해야 할 이상향은 없으므로, 자유롭게."라는 그 대답을 보자 답답함이 풀렸다.

번역가, 작가, 강사, 통역사, 인터뷰어. 그 어떤 것도 나의 궁극적인 목표는 아니며, 김신록의 말마따나 도달해야 할 이상향도 아니다. 이 모든 일은 나라는 노동자의 정체성을 구성하는 퍼즐 조각인 동시에 나라는 세계를 확장하는 단면일 뿐이라고 생각하니 답이 보였다. 결국 나를 표현할 두 단어를 찾아 주문을 넣었다. 기를 쓰고 가야 할 이상향 같은 게 없다면, 어디든 마음 내키는 곳으로 갈 수 있으니까.

앞으로 한 걸음
나아간 다음 뒤로
한 발 물러서는
것은 재앙이
아니라 차차차를
추는 것이다.

작가 로버트 브롤트

한 미국 작가의 작법 책을 읽다가 빵 터졌다. 서점에서 북토크를 했는데 독자가 딱 한 명 왔다고. 결국 작가와 편집자와 서점 대표와 직원들 가운데 유일하게 혼자인 독자를 상대로 북토크를 했는데, 모두 그 유일한 독자를 지나치게 열정적으로 환대하다 보니 마지막엔 독자가 겁에 질린 표정으로 도망치다시피 나가 버렸다고.

나도 첫 책 『단어의 배신』이 나오고 얼마 후 북토크를 하게 됐다. 신청자가 여덟 명쯤 된다고 해서 나쁘지 않네, 생각했는데… 그날따라 억수같이 쏟아지는 비에 불길함을 느끼며 서점을 찾아갔더니 독자는 딱 둘이었다. 그것도 한 명은 내 친구였으니 실질적인 독자는 한 명인 셈. 그 처참한 광경을 본 서점 직원들과 대표는 내가 괴로워 죽지 않도록 서둘러 자리를 채웠다. 그날 밤 나는 단 두 명의 독자를 향해 열변을 토했다.

그때는 내 굴욕은 여기서 끝이다, 앞으로는 꾸준히 독자가 늘어나겠지, 하며 희망찬 꿈을 꾸었지만…. 요즘도 책은 징글징글하게 안 팔리고(출판사 대표님들 표현에 따르면 주문 시스템이 고장 난 게 아닌지 의심이 갈 정도로 주문이 안 들어오고), 북토크는 슬프게도 모객이 안 돼서 취소되는 경우가 여전히 많다.

그래도 뭐 어쩌겠는가. 이번 책은 안 팔렸지만, 다음 책은 또 모르지. 도박꾼이 도박을 끊을 수 없듯이, 작가는 글쓰기를 끊을 수 없다. 그러니 이제는 마라톤이 아니라 차차차를 추고 있다고 생각하기로 했다. 앞으로 한 번, 뒤로 한 번 차차차! 리듬에 몸을 맡겨, 차차차!

**애쓰고 애쓴 것은
사라지지 않는다.**

최인아 책방 대표 최인아,
『채널예스』 인터뷰 2023년 6월 1일 자

통역대학원에 가려고 맹렬하게 공부하던 때가 있었다. 하루에 열두 시간 가까이 영어로 생각하고 쓰고 읽고 암기하고, 영어로 꿈까지 꿨다. 그때는 통역사가 되고 싶었지만, 시험에 두 번이나 물을 먹었다. 결국 번역가로 일하다가 눈이 나빠지면서 다시 통역을 시도해 보면 어떨까, 라고 생각한 순간 걱정이 시작됐다.

30대 초반에도 못 했던 일을 20년이 지난 지금 할 수 있을까? 번역하느라 말하는 건 다 잊었는데. 날고 기는 젊은 통역사들 틈에서 기회를 잡을 수는 있을까? 일단 공부부터 시작했다. 전처럼 영어 뉴스와 드라마와 영화를 보면서 받아쓰기하고, 실용적인 문장들은 노트에 적어 암기했다. 회화 앱을 다운받아 동거하는 늙은 고양이가 눈이 동그래질 만큼 큰 소리로 원어민의 발음을 따라 했다.

그러다 내가 영어 공부를 정말 좋아한다는 사실을 깨달았다. 다른 일을 할 때는 20분을 넘기지 못하는 한심한 집중력이건만 영어 공부할 때는 한 시간이 휙 가 버린다. 나이 들어 새로 좋은 습관을 들이기란 불가능에 가까운데 영어 공부는 날마다 자연스레 이어졌다. 정말 애쓰고 애쓴 건 어딘가로 사라지는 게 아니라 내 안에 남아 있는 모양이었다.

그 후로 영어를 구사해야 하는 프로젝트 몇 건을 성공적으로 마치니 자신감도 생겼다. 언젠가는 번역만큼 통역이 나를 먹여 살릴 고마운 일이 되어 줄지도 모르지. 무엇보다 오래전 피땀 흘린 노력의 흔적이 내 안에 남아 있기에 다시 도전할 수 있었다.

삶은 양면이지
절대 단면이
아니다.

로랑스 드빌레르, 『모든 삶은 흐른다』

(이주영 옮김, 피카, 2023)

한글을 깨친 뒤로 꿈이 뭐냐고 어른들이 물어보면 항상 작가라고 대답했다. 어른들의 반응은 시큰둥했지만, 나는 언젠가 작가가 되어 나를 웃기고 울렸던 작가들을 만날 생각에 한껏 설렜다. 번역가가 되고서 기뻤던 점 한 가지도 그토록 추앙하던 작가들을 만날 수 있다는 것이었다.

시간이 흐르면서 작가들과 친구가 되기도 하고, 반했다가 멀어진 사람도 생기고, 만나지 않았더라면 좋았겠다는 후회가 생기는 사람도 있었다. 한동안 문인들과의 만남을 피한 적도 있었다. 이제는 작가도 인간이며, 인간은 아주 복잡한 존재로 빛과 그늘 그리고 아름다움과 추함이 다 들어 있다는 걸 안다.

요즘은 새로운 사람을 만날 때 섣불리 기대하지도, 빠르게 실망하지도 않고 그저 담담히 만남에 임한다. 인생을 보는 태도도 비슷해졌기를 바란다. 나에게 오는 새로운 사람을 무턱대고 두려워하거나 피하지 않듯이, 나에게 오는 인생의 고난이나 괴로움도 찌푸리지 않고 받아들일 내공이 쌓였기를.

성공은 작은
거예요. 매 순간
자기 목표를 향해
가는 것.

메타인지 심리학 전문가 리사 손,

『롱블랙』인터뷰 2022년 7월 30일 자

인생에 대한 나의 착각 한 가지. 나이 들면 관계에 노련해져서 사람에게 상처받을 일도 없을 줄 알았다. 그동안 무수한 사람들을 만나며 어지간한 말에는 상처받지 않을 내공이 쌓였을 줄 알았는데. 그거야말로 치명적인 오해였다.

최근에 한 플랫폼에 글을 연재하는 중에, 조회수와 좋아요가 너무 적을 것 같아 엄마의 핸드폰에 링크를 보내며 좋아요를 눌러 달라고 했다. 내 글을 본 엄마의 첫 소감. "아니, 무슨 좋아요가 50개도 안 되니? 쯧쯧. 이래선 연재 금방 끝나겠는데?" 기분 상한 내가 반격했다. "엄마, 신생 플랫폼인데 이 정도면 엄청 잘 나온 거야."(물론 '엄청'은 아니지만) 그러자 엄마가 대꾸했다. "야, 유튜브 이런 데 보면 구독자가 몇백만에 좋아요는 몇백 개가 기본이던데?" "그건 스타들이나 그렇지!"

돌이켜 보면 엄마는 항상 이런 식이었다. 내가 하는 모든 일을 응원하면서도 칭찬보단 비판에 가까운 말을 종종 했다. 엄마만 그런가. 번역한 지 20년이 다 돼 가는 나에게 아직도 번역하느냐고 물어보는 친구들도 있다. 칭찬과 격려에 인색한 우리. 아마도 성공의 정의를 너무 크고 넓게 보기 때문일 것이다. 명문대를 나와 좋은 직장을 다니는 친구들일수록 자식에게 더 엄격하고 높은 기준을 들이대는 경우도 많이 봤다.

엄마가 했던 말이 가시처럼 가슴에 콕 박혀 있던 어느 날, 이 말을 만났다. 아기들이 앞에 있는 장난감까지 기어가는 것이 성공이고, 오늘 하루 아이와 건강한 대화를 한 것이 성공이라는 리사 손의 말에 서러움이 가셨다. 이런 성공이라면 나도 자주 할 수 있다. 이런 성공이라면 곧장 행복해지겠다.

누구나 인생을
얼마쯤 살다 보면
완벽한 행복이란
실현 불가능하다는
것을 깨닫게 된다.
하지만 그것과
정반대되는 측면을
깊이 생각해 보는
사람은 드물다.
즉 완벽한 불행도
있을 수 없다는
사실 말이다.

프리모 레비, 『이것이 인간인가』

(돌베개, 2007)

직업병 때문에 일드를 좋아한다. 한드나 영드는 보다 보면 대사 표현에 신경 쓰느라 일의 연장선상처럼 느껴지지만, 일어는 전혀 모르니 푹 빠져 볼 수 있다. 최근에는 『어이 미남!!』이라는 일드를 봤다. 고지식한 아버지와 현명한 엄마 그리고 남자 보는 눈이 없는 세 자매의 이야기인데. 한 에피소드에서 오랫동안 일한 동료가 회사를 떠나며 남긴 자료가 아까워 그걸 활용할 방법을 아버지가 고심하자 엄마가 말한다.

자기도 살림하면서 냉장고에 있는 식재료를 어떻게든 유통기한 내에 먹어 치우려고 애썼는데 어느 순간 깨달았다고. 요리할 때 중요한 건 재료 소진이 아니라 가족과 맛나게 먹는 거라고. 그 말에 고개가 끄덕여졌다. 소설을 쓰다 보면 완벽까지는 아니더라도 좀 더 재미있게, 좀 더 그럴듯하게, 좀 더 독자의 마음을 사로잡을 이야기를 쓰기 위해 애를 태운다. 그러나 글은 생각대로 써지지 않고, 자꾸 읽다 보면 내 글이 세상에서 제일 구린 것 같아 다 집어치우고 노트북을 박살 내고 싶을 때가 있다.

그렇게 우울의 우물에 들어가 밤잠을 이루지 못하는 나날이 이어지고 자괴감의 절정에 이를 때면 습관처럼 내가 소설을 쓰는 이유를 떠올린다. 그저 나도 남들도 재미있게 읽을 수 있는 이야기를 쓰고 싶었던 초심으로 돌아오면, 마음이 다시 편해진다.

**걸림돌이 결국
디딤돌이
되더라고요**

패션 크리에이터 장명숙(밀라 논나)

031

생후 2개월 때 작은 종이 상자에 넣어서 데려온 해피는 어느새 12킬로그램에 육박하는 성견이 됐다. 힘이 넘치는 사내아이라 그동안 친 사고만 세도 열 손가락이 부족하다. 식구들이 돌아가면서 한 번씩 물렸고, 먹지 말아야 할 것을 먹는 바람에 병원비로 몇백만 원이 날아갔다. 더위에 지쳐 열이 나 입원한 적도 있다. 해피가 온 후 여행 한 번 마음 놓고 간 적이 없었다.

이렇게만 따지면 해피는 내 인생에 갑자기 쳐들어온 복병이자 가장 큰 걸림돌처럼 보인다. 해피가 일으킨 사건 사고들을 다 지켜본 친구들은 그렇게까지 키울 가치가 있느냐고 물어보기도 한다.

그럴 때면 나도 모르게 활짝 미소가 지어진다. "그럼. 당연하지!" 아침에 일어나면 10년 만에 본 것처럼 반겨 주는 해피. 집 앞을 오가는 낯선 발소리에 우렁차게 짖는 해피. 내가 슬프거나 우울할 때 검은 털이 수북한 듬직한 등을 내주며 껴안게 해 주는 해피. 내 삶의 이야기를 더 풍성하게 만드는 존재.

반려동물은 지갑으로 키우는 거라는 말처럼, 장이 약한 탓에 비싼 사료를 먹이고, 재밌게 놀라고 물면 삑 소리가 나는 장난감을 사고, 우중 산책을 위해 비옷을 사고, 더위를 잘 이겨 내라고 강아지용 아이스크림을 사면서 더 열심히 벌자고 다짐하게 된다.

다양한 방식으로 나를 힘들게 하면서 동시에 계속 살아갈 힘을 내게 해 주는 모순덩어리. 따지고 보면 세상에 모순 아닌 존재가 있던가. 모든 존재는 빛과 어둠, 사랑과 고통을 동시에 품고 있다는 걸 해피를 보며 배웠다.

걱정 없는 인생을
바라지 말고,
걱정에 물들지
않는 연습을 하라.

철학자 알랭 바디우

걱정은 자객처럼 은밀하고 신속하게 내 마음에 침입한다. 솜씨 좋은 자객의 기술이 현란하듯 걱정의 기술 또한 현란하고, 공격 범위는 거대하다.

왼쪽 눈의 망막이 찢어진 후 번역 일을 줄여야겠다고 생각했다. 앞으로 번역 일은 많이 하기 힘들겠다고 공공연하게 떠들어 대기까지 했다. 그렇게 동네방네 소문낸 주제에 막상 일이 끊기자 걱정이 쳐들어왔다.

나는 밤잠을 못 이루며 전전긍긍했다. 아직 대안도 없는데 벌써 밥줄이 끊기면 어떡하냔 말이야. 하긴 눈이 아픈 번역가에게 일을 줄 대범한 출판사가 어디 있겠어. 밤마다 불판에 놓인 자반고등어처럼 끝도 없이 뒤척였다.

좀 더 적극적으로 대안을 찾기 위해 한동안 저만치 밀어 둔 책을 무더기로 읽어 댔다. 에세이 원고 소재로, 영국 취재를 위한 사전 조사로, 강연에 대비할 자료로. 결국 눈만 더 나빠진 채 방바닥에 대자로 누워 이런저런 걱정만 축구공처럼 굴려 댔다.

그렇게 한 주가 지나자 온몸에 이상 신호가 울리기 시작했다. 병원에 가니 당장 쉬어야 한다는 진단이 나왔다. 집으로 돌아오면서 생각했다. 닥치지도 않은 불행을 부지런히 상상하느라 이미 지쳐 버렸구나. 걱정 없는 인생은 없어도 걱정이 잠식한 일상을 지고 갈 장사도 없는데. 걱정보다 무서운 건 걱정을 걱정하는 마음이었다.

사람들은 당신이
한 말을 잊고,
당신이 한 행동을
잊지만, 당신으로
인해 어떤 기분을
느꼈는지는 절대
잊지 않는다.

시인이자 인권운동가 마야 안젤루

어떤 셀럽과 행사를 같이 진행한 적이 있다. 행사 준비를 위해 처음 만난 그는 정말 근사했다. 날씬한 몸매에 센스 있는 패션에 환하게 빛나는 피부. 나뿐만 아니라 그 자리에 있었던 사람들이 다 그렇게 느끼는 걸 알 수 있었다. 모두 황홀한 표정이었으니까.

나는 그에게 인사하며 오랜 세월 팬이었다고 수줍게 팬심을 드러냈다. 그는 내 말에 가볍게 고개를 끄덕이더니 대꾸도 없이 바로 일 이야기를 시작했다. 마치 내가 그에게 팬심을 가지는 게 아침이 되면 해가 뜨는 것처럼 너무 당연하다는 듯. 나는 악수를 청했다가 무시당한 사람처럼 당혹감을 느꼈다. 아무도 그런 내 마음을 알아채지 못한 게 그나마 다행이었다.

행사는 잘 끝났지만, 마음은 한없이 쓰라렸다. 집에 돌아오는 길에 나는 그에 대한 팬심을 마음에서 도려내 버렸고, 우연이라도 다시 마주치지 않기를 빌었다. 친구에게 그 이야기를 했다가 돌아오는 대답에 빵 터지고 말았다. "억울하면 너도 출세해." 속 좁고 뒤끝이 한없이 긴 나는 다짐한다. 누굴 만나든 만나서 기분 더러운 사람은 되지 말자고.

얘야, 의무적인
사랑이란 존재하지
않아.

아닉 코장, 『단단한 여자』

(김지현 옮김, 좁쌀한알, 2020)

프랑스 작가 아멜리 노통브의 인터뷰에서 흥미로운 이야기가 나왔다. 엄마를 열렬하게 사랑한 어린 아멜리는 언제나 엄마의 사랑을 보챘다. "엄마, 날 사랑해요, 지금보다 더 많이 사랑해 주세요. 엄마는 날 사랑할 의무가 있잖아요." 그러자 엄마가 정색하며 말했다. "애야, 의무적인 사랑이란 존재하지 않아." 순간 통쾌하면서도 복잡한 감정이 내 마음을 때리고 지나갔다.

　내 딸은 사주를 보면 항상 외국에서 일해야 큰 뜻을 펼칠 수 있다고 나온다. 전에는 그런 말을 들어도 무심히 넘겼는데, 유학 중인 딸이 졸업해서도 멀리 떨어져 살지도 모른다고 생각하니 슬퍼졌다. 딸에게 그런 말을 하니까 느닷없는 반격이 돌아왔다.

　"엄마, 내 세계를 엄마 마음대로 좁히려고 하지 마." 순간 심장에 비수가 꽂히는 것 같았다. 억울하고 분했던 나는 반박했다. "넌 내가 너한테 무시무시하게 집착하는 것처럼 말한다? 정말 그랬으면 일본에 가라고 하지도 않았어."(애초에 일본 유학을 제안한 건 나였으니까.)

　다음 날 카톡으로 딸에게 긴 메시지를 보냈지만, 섭섭한 마음은 쉽게 풀리지 않았다. 그러다 엄마가 생각났다. 엄마는 그야말로 몸이 부서져라 일해서 동생과 나를 어학연수 보내 줬고, 내가 뉴질랜드로, 영국으로 나가서 공부하고 일할 때도 붙잡지 않았다. 나중에 동생에게 엄마가 거의 매일 울었다는 얘기를 전해 듣고 어찌나 마음이 아프던지….

　부모와 자식 간에도 의무적인 사랑은 없다. 부모는 항상 자식이 잘되길, 행복하길, 건강하길 바라지만, 그런 부모도 슬퍼하고 분노하고 삐지기도 하는 인간일 뿐이다. 세상에 당연한 관계나 사랑은 없으며 부모의 사랑마저도 당연하거나 의무적이지 않다는 걸 알게 되는 순간, 우리는 철이 드는 것 같다.

내가 신경을
쓰는 문제는 점점
나아지는 일에
관한 것이다. 나는
매일 전날의 일을
평가하고 어떻게
하면 전보다 더
낫게 만들 수
있을지 고민하면서
하루를 시작한다.

찰스 M. 슐츠, 『찰리 브라운과 함께한 내 인생』

(이솔 옮김, 유유, 2015)

"선생님, 피드백 보냈습니다. 메일 확인해 주세요." 편집자가 보낸 문자를 보고 떨리는 손으로 노트북을 켰다. 메일함으로 들어가 새로 온 메일을 클릭했지만, 잠시 눈을 감고 있다가 겨우 눈을 뜨고 첫 줄을 읽었다.

"원고가 너무 재미있어서 푹 빠져 독자 모드로 읽었습니다." 이 두 문장을 보는 순간 힘이 쭉 빠지면서 눈물이 날 뻔했다. 대체 지금 무슨 얘길 하는 거냐고?

1년 전 스릴러 단편 쓰기 수업을 들었는데 매번 야단을 맞아서, 결국 단편에 대한 공포가 생겼다. 짧은 분량 안에 기승전개가 확실하고, 새롭고 흥미로운 소재를 발굴해서 개연성 있게 쓰는 게 나로선 불가능하다고 생각했다. 그래서 단편은 쓰지 않겠다고 결심했는데 단편 앤솔로지에 참가해 보라는 제안이 들어왔다. 결국 단편 공포증을 극복하기 위해 수락했다.

그때부터 6개월 후인 마감을 대비해 일주일에 세 편씩 단편을 찾아 읽었다. 그렇게 단편 소설의 묘미와 매력을 익혀 갔고, 작품을 쓰기 두 달 전부터는 밤마다 이런저런 이야기를 머릿속으로 굴려 보기 시작했다. 그렇게 노심초사하면서 쓴 초고가 마침내 통과 메일을 받았으니 얼마나 기뻤겠는가.

찰리 브라운과 스누피라는 불세출의 캐릭터를 만들어 낸 작가 찰스 슐츠도 전날 자신이 쓴 작품보다 더 나아지는 방법을 매일 고민했다니, 나도 노력하면 될 수 있지 않을까. 슐츠 같은 대가는 될 수 없을지라도, 어제의 나, 반년 전의 나, 1년 전의 나보다 조금 더 성장하고 발전할 수 있다면 그걸로 대만족이다!

인간은 자신의
생각보다 주어지는
대로 살아가게
되어 있다.

백혜선, 『나는 좌절의 스페셜리스트입니다』

(다산북스, 2023)

인생이 마음먹은 대로, 계획대로 흘러가지 않는다는 거야 잘 알지만, 머리로 아는 사실과 온몸으로 체감한 현실은 다를 수밖에 없다. 인간은 망각의 동물이기에 그 순간만 전기 충격을 받은 것처럼 찌르르할 뿐, 충격이 가시면 그런 일이 없었던 것처럼 살아가기 마련이다.

몇 년 전 강릉 여행을 떠났다. 호텔 방의 커튼을 열어 창밖에 펼쳐진 호수를 볼 때까지만 해도 완벽했다(고 생각했다). 그 순간 핸드폰이 울렸다. 엄마가 의자에서 떨어져서 구급차를 불렀으니 얼른 돌아오라고. 강릉에 도착한 지 한 시간도 안 됐을 때였다.

최근에도 그런 일이 있었다. 그날도 완벽해 보이는 일요일이었다. 느지막이 일어나 아침을 먹고, 강아지와 산책하고, 『미션 임파서블』 시리즈 최신작을 보고, 집에 왔을 때만 해도 이대로 평화로운 일요일이 지속될 줄 알았다. 그런데 낮에 멀쩡하게 산책했던 강아지가 저녁부터 설사와 구토를 반복했다. 나는 축 늘어진 강아지의 배를 쓰다듬으며 "엄마 손은 약손"을 주문처럼 읊었다. 작고 어린 것이 아프면 세상이 무너지는 것 같다.

삶이 내 뜻대로, 계획대로 흘러가리라는 생각은 오만일 뿐이다. 인간은 주어진 운명 앞에 무력한 존재라는 걸 수없이 겪고도 또 잊다니. 사고를 당한 후 엄마는 체력 관리에 신경을 써서 더 건강해지셨다. 강아지가 호되게 앓는 바람에 습관적으로 내가 먹던 걸 주던 나쁜 습관을 자제할 수 있었다. 어쩌면 그것은 나를 위해 운명이 준비한 복안이 아니었을지.

여러분이 외롭기를
바랍니다. 그래야
친구를 당연하게
여기지 않을
테니까요. 가끔
불운하기를
바랍니다. 그래야
삶에서 운의
역할을 인식하고
여러분의 성공이
전적으로 마땅한
것이 아니며,
타인의 실패가
전적으로 마땅하지
않다는 사실을
이해할 테니까요.

미국 대법관 존 로버츠,

2017년 카디건 마운틴 스쿨 졸업 연설

친구가 억울한 일을 당했다. 안타깝고 딱한 일이었다. 처음에는 나도 같이 분노했다. 하지만 되돌릴 수 없으니, 친구가 조금만 슬퍼하다가 극복하고 일어서길 바랐다. 그러나 친구는 그 일을 잊지 못했다. 우리는 친구를 안쓰러워하면서도 이제 다음 챕터로 넘어가길 바랐다. 어쩌면 나라면 그런 일을 당하지 않았을지도 모른다는 오만한 생각을 했는지도 모른다.

그러다 이번엔 내가 황당한 일을 겪었다. 편집자가 내가 평소에 받는 번역료에 훨씬 못 미치는 번역료를 불렀다. 내가 거절하자 편집자는 "선생님, 요즘 시장 가격이라는 게 있는데, 선생님이 그런 기준에 부합할지는…"이라며 내게 굴욕을 안겼다.

나는 난데없이 날아온 화살에 맞은 황소처럼 펄펄 뛰었고, 친구들에게 하소연을 늘어놓다가 문득 깨달았다. 친구가 이런 마음이었겠구나. 예기치 않은 모욕과 부당함을 겪었을 때 이런 고통을 느꼈겠구나. 금방 잊고 일어설 수 있다, 내 일 아니라고 이렇게 생각한 나는 어리석고 오만했다.

살면서 한 번쯤 이렇게 넘어지거나 무릎이 절로 꺾이는 일을 겪어야 인간은 비로소 겸손해지는지도 모르겠다. 이런 일이 누구에게나 일어날 수 있다는 사실을, 내가 당할 때까지 실감하지 못한다. 불운과 고통은 참으로 공평하게 배분된다는 사실도 잊어버린다.

이제 나는 머리로 하는 공감과 가슴으로 하는 공감의 차이점을 안다. 꼭 당해 봐야 아는 나의 미련스러움이 한심하지만 어쩌겠는가. 그게 인간인 것을.

지금 밑바닥이라고
말할 수 있다는
것은 아직 진짜
밑바닥이 아니라는
뜻이다.

윌리엄 셰익스피어

"잊지 말아요. 지금이 바닥이라고 생각하겠지만, 시간이 흐르면 그보다 더 깊은 바닥이 보여요." 나는 옆에서 천천히 걷는 그의 옆얼굴을 보며 말했다. 내 말에 고개를 끄덕이는 그의 낯빛은 몇 시간 전 처음 만났을 때보다 더 어두워졌다. 미안했지만 때로는 진실이 어설픈 위로보다 도움이 될 때가 있다.

어느새 나는 친구들 사이에서 일종의 '생존자'가 되어 있었다. 물론 또 다른 고통이 나를 후려치면 다시 무릎을 꺾으며 휘청거리겠지만, 적어도 지금은 살아남았다는 이유로 나를 찾아오는 사람들이 가끔 있다. 그들은 자식의 병을 토로하며 조언을 구하거나, 나처럼 한 치 앞이 보이지 않는 인생에서 길을 찾으려 하고 있었다.

A도 그랬다. 베스트셀러를 여러 권 낸 그도 이를 악다문 채 고통을 참다가 나를 찾아왔다. 우리는 공원을 걸으며 인생에 대해, 고통에 대해, 버팀에 대해 이야기했다. 나는 A에게 내 이야기를 띄엄띄엄 들려줬다. 허방다리를 짚은 것처럼 하염없이 떨어지고 또 떨어져서 마침내 바닥을 친 줄 알았는데 또 다른 바닥이 기다리고 있었다고. 아무리 고무망치로 힘껏 후려쳐도 두더지 게임의 두더지처럼 인생의 고난은 번번이 고개를 내밀고야 말더라고. 그러니 방심하지도, 쉽사리 안도하지도 말자고.

차를 마시고 가는 그의 등은 처음보다 조금 긴장이 풀려 있었다. 그 등을 지켜보며 "친구란 내 짐을 나눠 지고 먼 길을 같이 가는 사람"이라는 인디언 속담처럼 내가 그의 짐을 조금은 덜어 줬기를 빌었다.

요즘 같은
시대에 일을
잘하는 사람이란
'무언가를
할 수 있는
사람'이 아니라
'그만둔다는 결정을
빠르게 내릴 수
있는 사람'이다.

사와 마도카, 『때려치우기의 기술』

(이효진 옮김, 한빛비즈, 2022)

챗GPT의 출현으로 인공지능이 우리의 일거리를 빼앗아 갈 거란 위협을 다들 피부로 느끼는 요즘이다. 번역가는 인공지능 때문에 실직자가 될 직업 리스트 5위 안에 언제나 당당하게 한 자리를 차지해 왔다. 하지만 번역가들이 내린 결론은 다음과 같다. "인공지능 시대가 오기 전에 책을 읽는 독자들이 없어서 번역가는 멸종될 것이다."라는 것이었다.

그즈음 『때려치우기의 기술』이란 책을 읽고 이제 다른 일을 찾아야 할 때라는 생각이 들었다. 지금껏 쌓아 온 경력과 실력이 아깝다는 생각만 붙들고 있다간 조만간 강제로 밀려날 것 같았다. 그렇다면 재수 없으면 100살 넘게 사는 시대에 우리가 해야 할 일은 '때려치울 용기'를 내는 게 아닐까.

언젠가는 다른 일에 도전할 수도 있다고 생각하는 것과 이 일 아니면 길이 없다고 생각하는 것. 이 두 가지 생각 사이엔 의외로 큰 틈이 있었다. 안 되면 때려치우고 다른 거 하지 뭐, 이렇게 생각하자 무거운 짐이 조금은 가벼워진 느낌이었다.

내 맘대로 명명한 막가파 정신, 이게 없어도 나는 죽지 않아. 세상에 영원한 것은 없듯이 영원한 직업도 없다. 하나의 문을 닫으면 다른 문이 열리듯이 옛것을 허물어야 새것이 나온다. 가끔은 때려치울 용기를 내야 할 때도 있다.

우리는 실패에서
배우지, 성공에서
배우지 않는다.

브램 스토커, 『드라큘라』

언젠가부터 일하다 지칠 때나 자기 전에 에버랜드에 사는 판다 패밀리 영상을 보는 게 습관이 됐다. 처음에는 아기 판다 푸바오와 사랑에 빠졌다. 시작은 푸바오의 엄마 아이바오가 장난꾸러기 푸바오를 쫓아다니며 엉덩이를 철썩철썩 때리는 영상. 육아는 인간이나 동물이나 똑같이 힘들구나, 절로 미소가 나왔다.

그러던 어느 날, 나의 애정은 푸바오에서 아이바오에게로 옮겨 가게 됐다. 초보 엄마인 아이바오의 고군분투가 담긴 영상을 보고 나서였다.

어린 푸바오가 나무에 혼자 올라갔다가 내려오지 못하자, 아이바오는 푸바오를 어떻게든 안전하게 내려 주려고 안간힘을 썼다. 하지만 인간처럼 두 팔을 자유롭게 쓰지 못하는 판다가 어리고 연약한 새끼를 안전하게 내리기는 너무나도 힘들었다.

푸바오는 해맑은 표정으로 엄마가 자기를 안아 내리려다 여러 번 실패하는 모습을 보고 있었고, 아이바오는 좌절해서 소리를 지르며 나무를 몇 번이나 할퀴었다. 그러다 옆에서 사육사가 안타까운 눈빛으로 두 모녀를 지켜보는 장면에 그만 울컥했다. 사육사라면 아주 쉽게 푸바오를 내려 줬겠지만, 지금은 오로지 아이바오 혼자서 해결해야 하는 순간이니까.

결국 아이바오는 수도 없이 실패한 끝에 푸바오를 나무에서 무사히 내려서 집으로 돌아간다. 이제 쌍둥이의 엄마가 된 아이바오는 두 아기 판다를 아주 능숙하게 키우고 있다. 첫딸 푸바오를 키우며 수도 없이 좌절했던 순간 덕분이겠지.

광고회사에서
하는 일에는
'강한 것을
더욱 강하게
만드는 일'이
많습니다. 하지만
만약 '약점'에
더 주목한다면,
'약점을 강점으로
바꾸는 일'을
할 수 있다면.

사와다 도모히로, 『마이너리티 디자인』

(다다서재, 2022)

041

10년 만에 영국에 다녀왔다. 여행 가기 전에 유료 앱을 결제해서 회화 공부를 시작했다가 'I have large hands'라는 문장 때문에 놀랐다. 평소 나는 사람의 신체를 표현할 때 '~를 가지고 있다', 라는 문장이 번역투로 보여서 질색했다. 그래서 나는 손이 크다고 번역하지, '나는 큰 손을 가지고 있다'고 번역하지 않았고, 영작도 마찬가지로 have 동사를 쓰지 않았다.

그런데 앱의 강사가 말하길, have는 신체를 묘사할 때 영어에서 자주 쓰는 동사니까 영작할 때는 have를 써야 한다지 않나. 그때 내 실수를 알아차렸다. 영한 번역가인 나는 도착어인 한국어의 자연스러움만 생각했지, 영작할 때 영미인의 관점에서 어떤 표현이 더 자연스러운지는 미처 생각지 못한 것이다.

이게 비단 언어에서만 저지른 실수였을까, 생각하니 등골이 오싹해졌다. 내가 생각하고 믿는 것만이 정답이라고 고집하다가 놓친 것은 없었을까? 인생도 마찬가지였다. 고난이 닥쳐오면 나는 그저 기계적으로 극복하자, 이겨 내자는 생각만 했지, 그것이 내 인생을 더 깊이 있고 풍성하게 만들어 줄 거란 생각은 해 보지 못했다.

덕분에 이 'have' 에피소드는 아주 중요한 상징이 됐다. 내가 아는 것이 전부가 아니다, 때로는 관점을 바꿔서 세상을 바라봐야 한다는 걸 배웠다. 실로 번역가에게 대단히 잘 어울리는 계기가 아닐 수 없다.

어쨌든 일단
살아갑니다.
괜찮지 않은 날도
아무 일 없이
살아내는 것.
그것만으로도
대단한 일을
하고 있습니다,
우리는.

가와이 하야오, 『왈칵 마음이 쏟아지는 날』

(전경아 옮김, 예문아카이브, 2016)

오랫동안 에버노트란 메모 앱을 써 왔다. 언제부턴가 무료에서 유료로 전환되고 구독료가 슬금슬금 올랐지만, 쌓아 둔 자료가 너무 방대해서 이사할 엄두가 나지 않았다. 이사란 오프라인에서 산더미처럼 쌓인 짐(주로 책)을 옮기는 일만 뜻하는 줄 알았는 데, 어느새 온라인에도 내 인생이 이토록 쌓이게 될 줄이야.

　그렇게 내 게으름의 속도에 맞춰 온라인 공간에 쌓아 둔 자료 는 늘어만 갔다. 그러다 이메일로 온 통보에 정신이 번쩍 들었다. 이제부터 연 10만원이 넘는 구독료를 물리겠다고! 오프라인 창고 도 아니고 온라인 창고에 그만 한 돈을 쓸 순 없었다.

　부랴부랴 폭풍 검색과 추천을 받아 새 메모 앱을 정하고 조 금씩 자료를 옮기다가, 오래전에 읽었던 『왈칵 마음이 쏟아지는 날』이란 책에서 발췌한 구절을 봤다. 날짜를 보니 2018년 8월. 그때 나는 아직 인생이 나를 위해 무서운 반전을 준비하고 있다는 사실을 미처 모른 채 언제까지나 평화로운 나날이 이어질 줄 알 았다.

　그때 총천연색으로 필사한 문장들 가운데 유독 이 문장이 눈 에 들어왔다. 별일 없이 살아간다는 것, 괜찮지 않은 날에도 아무 렇지 않게 밥을 먹고 청소기를 돌리고 일을 하며 살아 내려면 때 로는 슈퍼맨만큼 초인적인 에너지를 발휘해야만 한다는 걸 이제 알기 때문이다. 천 길 낭떠러지에 서서 한 발짝만 허공으로 옮기 면 이 괴로움이 다 끝나 버릴 것 같을 때 그 발을 들지 않고 내일로 나아가는 것. 그것만으로도 우리는 이미 대단한 일을 하고 있다.

넌 스무 해를

살았니?

어쩌면 똑같은

일 년을 스무 번

산 것은 아니니?

네 스무 살이

일 년의 스무 번의

반복이어서는

안 된다는 이야기야.

공지영, 『네가 어떤 삶을 살든 나는 너를 응원할 것이다』

(해냄, 2016)

가끔 내게 인터뷰 요청이 들어온다. 누군가가 나를 궁금해하고, 내 삶에 질문을 던지고, 나에게 관심을 보이다니 무척이나 황송스럽다. 1년에 한 번쯤 이런 인터뷰를 하다 깨달은 사실이 있다. 내가 소설을 쓴 뒤로 이런 관심이 조금 더 늘어났다는 점이다.

단순히 번역만 오래 했다면 없었을 기회가 드문드문 찾아온 것이다. 어쩌다 번역가가 소설까지 쓰게 됐느냐는 질문에 주로 세 가지로 대답했다. 어느 날 벼락처럼 소설의 한 장면이 떠올라서. 그때 인생에서 더는 잃을 것이 없다고 생각했던 막다른 골목에 몰려 있었기에. 마지막은 두 번째 대답과도 상관이 있는 대답인데, 10년 일기 덕분이었다.

10년 일기를 4년째 쓰면서, 지난 4년의 엇비슷한 하루하루를 돌아보다 알게 됐다. 이러다간 돈 걱정, 몸무게 걱정, 자식 걱정만 하다 인생 종 치겠구나. 4년 동안 나의 시간은 똑같은 줄거리에 똑같은 대사를 지치지도 않고 무대에 올리는 연극과 같았다. 재미도 없고, 의미도 없고, 감동은 더더욱 없는 내 일상이 지겨워 죽을 것 같았다.

그즈음 때맞춰 소설의 한 장면이 떠올라 내 인생에서 몇 달만 투자해 보기로 했다. 그것은 아주 독특한 즐거움이었다. 소설 쓰는 경험은 번역할 때와 달랐고 에세이를 쓸 때와도 달랐다. 거기에는 무한한 자유가 있었다. 물론 무한한 공포도 있지만.

작가 공지영은 스무 살인 딸에게 똑같은 한 해를 스무 번 살아선 안 된다고 했지만, 나는 쉰이 되어서야 비로소 그 생각을 현실로 옮길 수 있었다. 좀 더 일찍 시도할 용기를 내 볼 걸 그랬다는 아쉬움과 이제라도 시작했으니 괜찮다는 생각이 번갈아 찾아오곤 한다.

"그럼 피하지
말고 상처 입어.
실패해 봐. 그래서
거기서 배워 봐."

이치조 미사키,

『오늘 밤, 이 세계에서 사랑이 사라진다고 해도』

(권영주 옮김, 모모, 2021)

"오늘까지 몇 명 신청했나요?" "그게… 4명이요." "그렇군요… 그럼 최소 인원 10명을 못 채웠으니 폐강이네요." "네…."

열심히 준비한 기획 '홍차/런던 토크'는 이렇게 막을 올려 보지도 못하고 끝나 버렸다. 두 달 후 원서 읽기 수업을 준비했지만, 그것도 결국 열리지 못했다. 사람들을 모으지 못한 요인은 여러 가지겠지만, 결국 나의 실패다.

강의만 실패했나. 첫 소설『너를 찾아서』에 이어서 쓴 SF 소설은 편집자에게 재미가 1도 없다는 혹평을 받고 접었다. 단편 추리소설 강좌에서 완성한 작품 역시 반응이 안 좋았다. 이쯤 되니 소설을 쓰지 말아야 하나 싶은 좌절감만 들었다. 번역 선배는 번역이나 하지 뭐 하러 소설을 써서 밑바닥부터 다시 시작하려 하느냐고 핀잔 아닌 핀잔을 줬다.

다 때려치워야 하나. 이런 생각이 불쑥 고개를 쳐들었다. 그러다 이 구절을 마주치는 순간 정신이 번쩍 들었다. "그럼 피하지 말고 상처 입어. 실패해 봐. 그래서 거기서 배워 봐." 그 말에 나는 프리랜서로서 그동안 어떻게 살아왔는지 돌이켜 봤다. 처음에 번역을 시작하고 정기적으로 의뢰가 들어오기까지 지옥의 3년을 견뎠던 시간이 떠올랐다.

그런데 소설이나 강의는 왜 이리 쉽게 생각했을까. 얼굴이 벌게졌다. 덕분에 다시 마음을 다잡고 노트북을 열어 매일 쓰고 있다. 또 실패할까? 그럴지도. 그렇다 해도 실패를 거듭하면서 조금씩 나아질지도 모른다. 적어도 나는 실패를 외면하지 않았다는 자부심은 생겼다.

인간이 태어난
것은 시들기
위해서란다.
네가 슬퍼하는
것도 마거릿,
너 자신인 거야.

제라드 맨리 홉킨스,
「봄과 가을: 어린아이에게」

몇 년 전부터 친구들끼리 모이면 피부 관리에 대한 정보가 은밀하게 오고 갔다. 누가 얼굴에 뭘 하느라 몇백이 들어갔다더라. 시술받고 나서 웃지도 못했다더라. "걔 돈 없다고 하더니 그건 또 어떻게 받았대?" 누가 물어보면 "다른 돈은 없어도 그런 돈은 만들어야지"라는 대답이 나왔고, 다들 엄숙하게 고개를 끄덕였다.

얼마 전 골밀도 검사를 받았다. 병원에선 내가 3년 전에 같은 검사를 받았다고 알려 줬고, 불길한 예감은 틀리지 않아 골다공증 진단을 받았다. 이제 막 50대에 들어섰는데 골다공증이라니….

난 아직 그럴 나이가 아닌데. 이건 공정하지 않아. 인생이 왜 나에게만 이렇게 못되게 구는 거야. 그러다 "인간이 태어난 것은 시들기 위해서"라는 시구를 만났다. 뭔가 부드러운 것이 마음을 슥 쓰다듬고 지나간 느낌이 들었다.

억울하다, 분하다, 나는 이런 일을 당할 사람이 아니다. 이렇게 인생에 종주먹을 들이대고 싶은 사람이 나 하나뿐이겠는가. 고작 쉰인 나에게 왜 이러냐고 항의하고 싶지만, 쉰이 되기도 전에 세상을 떠난 사람도 많다. 세상을 가득 채운 무수한 고통 속에서 늙기 싫다는 나의 고통은 사소해 보인다.

젊어 보이려고 피부 시술을 고민하는 것도, 조금 이르게 닥친 듯한 질병의 기운들을 한사코 외면하는 것도 제대로 사는 건 아닌 것 같다. 인간은 나고 자라 서서히 시들다가 마른 잎이 떨어지듯 흙으로 간다. 누구도 피할 수 없고, 피해서도 안 된다. 그렇게 생각하자 서러움의 농도가 옅어지면서 시끄럽던 마음이 고요해졌다.

행동이 반드시
행복을 안겨
주지 않을지는
몰라도, 행동 없는
행복이란 없다.

심리학자 윌리엄 제임스

이제 와서 고백하지만, 2023년을 앞두고 두근두근했다. 단골 사주 선생님이 그해 드디어 내게 남자친구가 생길 거라 했기 때문이다. 사실 그 예언을 들은 건 무려 3년 전이었다. 그때는 절망했다. 아니, 앞으로 3년이나 어떻게 기다리라고?

그렇게 오매불망 기다린 3년이 가고, 대망의 2023년. 연초에 딸은 상기된 얼굴로 말했다. "엄마, 드디어 엄마에게 남친이 생기는 거야?" 나는 고개를 끄덕이며 비장하게 말했다. "그래, 어떤 남친이 생길지 진짜 궁금하다." 그런데 2023년이 두 달 남은 지금, 남자친구는 코빼기도 보이지 않는다. 자, 두 달 남은 시점에서 깨끗하게 포기할 것이냐, 아니면 두 달에 질척질척하게 매달려 볼 것이냐.

그러다 왕년의 내가 기억났다. 생각해 보면 나는 고등학교 때 첫사랑부터 시작해서 항상 내가 먼저 대시해서 결국 사랑을 쟁취하고야 말던 사람이었다. 용기 있는 자가 미남을 차지한다…는 말은 아니고 결말이 아름다웠던 것도 아니지만, 아무튼 마음 가는 상대에겐 까이더라도 대차게 도전했던 나인데.

그랬던 나의 한 해를 돌이켜 보니, 용기는커녕 뭔가 계기를 만들 만한 시도도, 기회도 없었다는 깨달음이 밀려왔다. 운명이 점지했으니 가만있어도 생길 거라 안심하고 무작정 기다린 게 패착이었을까. 행동한다고 반드시 행복이 오는 건 아니지만 행동하지 않으면 행복이 없다는 말처럼, 찾아 나서지 않으면 좋은 인연도 찾아올 리 없다는 걸 너무 늦게 깨달았다. 그동안 장롱 속에 처박아 놓은 용기를 다시 꺼내서 묵은 먼지를 탈탈 털고 심기일전해서 도전해 볼까? 어디에! 대체 누구에게? 에라, 모르겠다, 아무튼 도전!

때로는 다른
사람이 당신을
어떻게 생각하는지
모르는 게 건강에
좋다.

싱어송라이터 앨라니스 모리셋

올해는 고맙게도 외부 강연을 할 기회가 많았다. 가외 수입도 반갑고 보람도 있었다. 그런데 강연을 거듭할수록 그늘도 보이기 시작했다.

학교 다닐 때는 몰랐는데, 단상에 오르면 강의실 안에 있는 모든 사람의 표정과 행동이 한눈에 들어온다. 처음에는 내가 앞에서 강의하고 있는데 입이 찢어져라 하품하거나 대놓고 졸거나 핸드폰만 들여다보는 사람들 때문에 당황했다. 내 강의가 그렇게 별로인가, 하는 생각에 준비한 강의 내용이 사라지면서 머릿속이 백지가 된 적도 있었다.

그럴수록 강의를 더 완벽하게 준비하려 애썼다. 그런 내 마음과 태도에 감화되었는지 열정적으로 반응하고 경청해 주는 청중 덕분에 대부분 뿌듯한 마음으로 강의를 끝냈다. 하지만 가끔은 큰 상처를 받을 때도 있었다.

한 소도시 도서관에서 강의할 때였다. 어떤 남자가 사사건건 내 말을 가로막고 아는 척을 하더니 급기야 불쾌한 표정으로 강의실을 나가 버렸다. 그걸 보고 큰 충격을 받은 나는 가까스로 강의를 마쳤다. 좋은 강의였다고 와서 사인 받는 분들도 있었지만, 집에 오는 내내 우울했다.

인간은 왜 아홉 번 들은 칭찬은 잊어버려도 한 번 들은 혹평이나 비난은 마음에 담아 두는 걸까. 그런 면에서 사람들이 나를 어떻게 생각하는지 아는 게 늘 도움이 되진 않는다는 건 맞는 말이었다. 그렇게 비판하는 남들이 내 인생을 살아 주는 것도 아니니까. '굴욕당하며 살아가는 것이 인생'이라는 말도 있는데 내가 너무 아마추어처럼 굴었나.

인생은 만만하지
않단다, 애야.
하지만 용기를
내렴. 즐거운
인생이 될 수도
있어.

극작가 조지 버나드 쇼

도쿄행 비행기에 올랐다. 혼자 가는 여행이지만, 혼자가 아니기도 하다. 딸을 보러 가니까. 한 달 만에 본 딸은 그새 훌쩍 자란 것처럼 보였지만, 그럴 리가. 이제는 아이의 홈그라운드가 된 도쿄에서 아이를 보니 새삼 의젓해 보여 그랬을 것이다.

도쿄 구경을 끝내고 피곤해서 눕고 싶은 나에게 딸은 보여 줄 곳이 있다고 고집했다. 쑤시는 발을 끌고 따라가니 공원이 나왔고, 또 걷다 보니 어느새 작은 동산 같은 언덕 꼭대기. 그곳에 벤치 두 개가 놓여 있었다. 벤치에 앉아 사방을 둘러보니 공원이 한눈에 들어왔고, 밤하늘에는 작은 별 서너 개가 반짝이고 있었다.

그 동화 같은 풍경에 나는 탄성을 질렀다. 딸은 위로받고 싶을 때, 고민이 생겨 생각하고 싶을 때 이곳에 온다고 했다. 더 말하지 않아도 알 수 있었다. 외국에 와서 평소에 하지 않던 집안일에 낯선 외국어로 대학에서 처음 맺는 인간관계까지… 혼자서 해결해야 할 일이 쌓이고 쌓였을 것이다. 그럴 때 딸에겐 어딘가 응시할 너른 풍경이 필요했을 것이다.

딸의 어깨를 감싸며 버나드 쇼의 말을 들려주고 싶었다. 인생은 만만하지 않지만, 용기를 내면 즐거운 인생이 될 수 있다고. 지금까지 네가 여러 번 낸 용기가 너를 이곳으로 데려왔다고. 언젠가 이 시절도 그리운 눈빛으로 돌아보게 될 거라고. 나는 그런 말을 마음속에 꾹꾹 눌러 담은 채 딸과 함께 별들을 바라봤다.

"세상이 바뀌어도
너는 언제나
만드는 인간일
거야."

이연지, 「하와이 사과」, 『소설 보다: 봄 2024년』

(문학지성사, 2024)

출판계에서 일하다 보니 딸이 읽는 책에도 관심이 간다. 대학생이 된 후 조금씩 책을 찾아서 읽기 시작한 딸은 전자책보다 종이책을 좋아해서 가끔 이런저런 책을 집에 사다 놓으라고 부탁한다. 방학 때 와서 읽겠다고. 딸이 요구하는 책은 대부분 자기계발서이고 드문드문 소설이 섞여 있다.

왜 그렇게 자기계발서에 관심이 많을까, 생각해 보니 이제 20대 초반, 인생에 대해 알고 싶은 게 얼마나 많을까. 무엇보다 인생을 잘 살고 싶을 것이다. 꿈을 이루는 방법도 알고 싶겠지. 그럴 때 자기계발서는 실용적인 가이드로 보일 테고. 가끔 딸에게 졸업해서 무슨 일을 하고 싶으냐고 물어보면 무조건 연봉 센 회사로 가겠다고 해서 걱정될 때도 있다. 돈도 좋지만 네가 좋아하는 일을 해야 행복해, 기어코 잔소리가 튀어나오고 만다.

20대 딸을 보며 50대 엄마는 생각한다. 나도 너처럼 돈 많이 벌고 재미있게 살고 싶었는데. 살아 보니 나는 읽고 쓸 때 가장 행복하고 나다워지더라. 읽고 쓰는 과정의 반복을 통해 나를 위로하고, 격려하며, 인생이 내민 문제에 대한 해결책을 찾을 수 있었어. 딸이 자신에게 잘 맞는 일을 찾을 때까지 얼마나 걸릴지. 배움이 더딘 엄마는 닮지 않았으면, 하는 괜한 걱정을 속으로 또 했다.

**기회는 오직
준비된 마음만을
선호한다.**

화학자 루이 파스퇴르

(바버라 블래츨리, 『기회의 심리학』,

권춘오 옮김, 안타레스, 2023)

나이 드는 것의 장점은 뭘까? 젊음에 대한 찬양만 크게 들리는 요즘, 주로 단점만 떠오른다. 우선 신체의 다양한 기능이 눈에 띄게 저하된다. 얼굴에 주름이 패고 염색 주기가 감당 안 되게 빨라진다. 눈은 높아지는데 능력은 줄어든다.

애써 장점을 찾자면, 욕심의 크기가 줄어든다. 세상과 사람을 바라보는 눈도 좀 밝아졌다. 내게 찾아오는 일 가운데 뭐가 기회이고 뭐가 재앙인지 알아보는 안목도 미세하게 나아졌다. "지금 내가 얻은 것들은 다 잃은 것들을 대가로 치렀다"는 어느 드라마 대사가 틀린 말은 아닌 듯하다.

"기회는 오직 준비된 마음을 선호한다"는 파스퇴르의 말을 보자 최근에 겪은 두 경우가 떠올랐다. 하나는 급하게 들어온 번역 의뢰를 내가 할 수 없어 후배 번역가에게 소개했는데 자기가 원하는 장르의 책이 아니라고 후배가 사양한 일이고, 또 하나는 내가 다니는 피트니스 클럽에서 굉장히 저렴한 가격에 PT 상품이 나와 지인에게 권했는데 지인이 내키지 않는다며 거절한 것이다. "평양 감사도 제가 싫다면 어쩔 수 없다"는 속담처럼 아무리 좋은 기회도 본인이 싫으면 끝이다.

나도 그동안 많은 걸 퇴짜 놓았다. 내가 원하는 일이 아니라서. 관심 없는 분야라서. 우리 집에서 너무 멀어서. 영 내 스타일이 아니라서. 어쩌면 기회란 그걸 알아볼 수 있는 안목과 그걸 잡을 수 있는 실력과 하겠다는 의지가 있는 사람만 열 수 있는 문일지도 모르겠다.

성공의 기준으로
여겨지는 명성이나
돈, 지위 등이
없어도 자신이
진정으로 원하는
삶을 살고 있다면,
그 사람은 완벽한
성공을 거둔
것이다.

벤저민 하디, 『퓨처 셀프』

(최은아 옮김, 상상스퀘어, 2023)

오래전에 본 어떤 토크쇼의 한 장면이 떠오른다. 이른바 사회적으로 성공한 사람을 초대해 비결을 이야기하는 쇼에서 아나운서가 물었다. "○○씨? 자신이 거둔 성공에 대해 어떻게 생각하십니까?" 그날의 주인공은 고심하는 표정으로 생각하다가 되물었다. "제가 성공한 걸까요? 아나운서님은 성공이 뭐라고 생각하세요?" 당황한 아나운서는 대답을 얼버무렸고, 나도 궁금했다. 그러게, 성공이란 뭘까?

나 역시 성공이 뭔지도 모른 채 언제나 앞으로 나아가려고만 했다. 성공은 대학 합격이나 회사 합격, 결혼, 아파트 장만처럼 아주 구체적이고 남들이 다 인정하는 성취라고 생각했다. 그러나 언제부터인가 그게 아닌 것 같았다. 그런 조건을 충족한 사람들도 그리 행복해 보이진 않았다.

그래서 사람들을 만나는 인터뷰를 시작했다. 기자, 승려, 청소부, 강사, 작가 같은 다양한 사람을 만나 성공과 행복에 관해 물어봤다. 아이러니하게도 내가 찾아낸 가장 행복한 사람은 우리 엄마였다. 딸 둘을 혼자 힘으로 키워 내고, 이제 손자 손녀가 크는 모습에 흐뭇해하는 엄마를 보며 내가 말했다. "엄마 성공했네!" 그래, 본인이 성공했다고 느끼면 그게 바로 성공인 거지.

"마릴라 아주머니,
내일은 아무
실수도 저지르지
않는 새날이라고
생각하면 기분
좋지 않으세요?"

루시 모드 몽고메리, 『빨강머리 앤』

글을 깨치고 책의 세계에 들어가서 제일 먼저 만난 건 계몽사 소년소녀 세계문학전집이었다. 계몽사 외판원이었던 아빠 덕분에 문학적 세례를 듬뿍 받은 셈이었다. 내 인생에 든든한 동아줄 같은 건 없었지만, 어쩌면 계몽사 전집 70권이 동아줄 비슷한 것이었는지도 모른다.

그렇게 만난 세계 명작에서 내 마음을 사로잡은 주인공은 많고도 많았다. 부잣집 외동딸에서 다락방에 사는 하녀로 전락한 세라, 레이스 칼라가 달린 벨벳 블라우스를 입은 소공자 세드릭, 비밀의 화원을 찾아낸 메리. 『보물섬』에 나오는 외다리 실버는 무려 나의 첫사랑이었다. 그러나 어렸을 때부터 말 많은 사람은 질색하던 나에게 앤은 투 머치 토커였다.

그러다 내가 마릴라 아주머니의 나이가 되고 나서야 앤이 얼마나 대단한 주인공이었는지 깨닫게 됐다. 세라는 내게 공상의 기쁨을 가르쳐 줬고, 세드릭은 귀족의 품위를, 메리는 신비로움의 힘을 보여 줬지만, 가장 현실적으로 도움이 되는 말은 주로 앤의 어록에서 나왔다. 이제 보니 앤이야말로 명언 제조기였다. 미안해, 앤. 내가 그때는 어려서 너의 진가를 몰라봤어!

요즘은 종종 앤의 말을 떠올린다. 내일은 아무 실수도 저지르지 않는 새날. 내일은 마음먹은 일을 해 낼 수 있는 날. 내일은 생각지도 못했던 멋진 일이 일어날 수도 있다고 내 식대로 응용해 본다. 세라처럼 부자 아빠가 없어서 유산도 없고, 세드릭처럼 귀족의 피도 흐르지 않고, 비밀의 화원이 딸린 저택도 없지만 나는 내일이 기대되는 인생을 살고 있다. 그것만으로도 나는 행복한 사람이 아닐까.

자신의 세계를
변화시키는 데
마법은 필요 없다.
우리는 우리 안에
이미 필요한 모든
힘을 가지고 있다.

영국 작가 J.K. 롤링

토요일 아침에 찌개를 데우려고 가스레인지 점화 손잡이를 돌렸다. 쉬이이익, 소리만 나고 불은 켜지지 않았다. "엥?" 남은 손잡이 세 개를 다 돌려 봤지만, 가스가 나오는 불길한 냄새만 났다.

이런, 이러다 가스가 폭발해서 미련 많은 삶을 하직하는 거 아냐! 부랴부랴 중간 밸브를 잠그고 숨을 골랐다. 가스관에 문제가 생긴 모양인데 토요일이니 가스 회사에 연락할 수도 없다. 찌개도, 짜파게티도, 라테도 못 끓여 먹고 주말이 흘러갔다.

월요일에 가스 회사에 물어봤다가 배터리를 갈아 보라는 조언을 들었다. 하지만 빌트인 가스레인지라 배터리가 어디 붙어 있는지 당최 찾을 수 없었다. 그래서 레인지 제조회사에 전화하니 기사님이 나에게 가스판을 들어 배터리를 갈라는 지령을 내렸다. 그것은 내게 핵폭탄을 조립하라는 말이나 다름없었다. 그때부터 나는 핸드폰을 든 채 기사님의 지시에 따라 배터리를 찾아 헤맸다. 무려 20분 만에 불판을 번쩍 들어 배터리를 찾아내는 순간, 우리 둘은 동시에 환호성을 질렀다!

점화 손잡이를 돌리자, 활활 타오르는 불꽃! 프로메테우스가 선물한 불을 본 인류보다 아마 내 기쁨이 더 컸을 것이다. 우리 안에 세계를 변화시키는 힘이 이미 있다는 해리 포터 어머니의 말씀은 정녕 진리였다.

나에게 세계를 변화시키는 힘이 있을지는 모르겠지만, 가스레인지 배터리를 교체할 힘은 있구나! 이렇게 자뻑에 취해 있는데 안방 전등이 팟 소리를 내며 나갔다. 앗, 오늘 치 내 안에 있는 힘은 이미 써 버렸는데….

뭐라도 하나 하는
하루가 쌓이다
보면 끝이 난 것
같던 삶도 다시금
열린 문 앞에 서게
된다.

황보름, 『단순 생활자』

(열림원, 2023)

세 번째로 출간된 에세이가 폭망하면서 내 마음은 싸구려 양은 냄비처럼 우그러졌다. 야심만만하게 써서 투고한 두 번째 장편소설도 거절당하는 바람에 자존감이 비스킷처럼 바사삭 부서진 지 오래였다. 그럼에도 잃어버린 사랑은 새로운 사랑으로 치유한다는 노래 가사처럼, 편집자의 날카로운 비판에 베인 마음은 내 글을 열렬히 응원하는 또 다른 편집자 덕분에 조금씩 아물어 갔다. 덕분에 집 앞 카페들을 전전하면서 매일 썼다.

개연성이 없어도, 묘사가 진부해도, 등장인물이 말도 안 되는 헛소리를 지껄여도 어쨌든 썼다. 그렇게 매일 글쓰기라는 소박하고도 원대한 목표를 달성하면, 뭔가 조금 뿌듯했다. 오늘 쓴 글이 걸작은 아니지만 일단 나와 한 약속을 지켰으니까.

남들이 보기엔 손톱만 한 성취일지 모르지만, 그것이 자꾸만 흔들리는 내 자존감을 지탱해 줬다. 뭐든 하나는 하는 하루. 작가 황보름은 매일 하나씩 요리를 하며 단단한 일상을 구축했지만, 나는 매일 쓰는 것으로 마음을 다잡는다. 뭐라도 하는 하루를 쌓아 보기, 뭐라도 하나 해 보기. 이 사소한 시도만이 거대한 무기력의 세계를 헤쳐 나갈 힘을 내게 준다.

사건은 그것을
감당해 낸 사람만
바꾼다.

신형철, 『슬픔을 공부하는 슬픔』
(한겨레출판, 2018)

언제부턴가 사람에게 관심이 갔다. 대학교에 입학했을 즈음 시작된 증상이다. 고향에 살 때는 여중, 여고를 나와 언제나 여자들에게 둘러싸여 있었는데 다들 비슷하게 가난하고, 대체로 평범했다. 그러다 대학교 때 전국에서 온 동기와 선배 들을 보면서 다양한 스펙트럼의 외모와 경제적·사회적 배경과 개성과 광기와 진상을 경험했다. 그렇게 사람이라는 세계에 뛰어들었다.

작년부터는 인터뷰를 통해 사람을 만나고 있다. 새로운 사람을 만날 때마다 이 사람은 어떤 생각을 품고 어떤 태도로 살아왔을까 궁금했던 내게 인터뷰는 몸에 딱 맞는 옷처럼 편안하고 즐거웠다.

인터뷰할 때 항상 하는 질문이 있다. 인생에 닥친 위기를 어떻게 지나왔거나 이겨 냈는지, 때문에 인생이 어떻게 달라졌는지. 내가 만난 사람들은 다 나름대로 고통을 겪었다. 불행 배틀을 해도 지지 않을 고통 스펙(?)을 갖춘 인물들이랄까. 그들에게 특별한 비법이나 묘수는 없었다. 다만… 그 시기를 거쳐 왔기에 지금 그 자리에 서게 됐다는 것이 공통된 답이었다.

신형철의 "사건은 그것을 감당해 낸 사람만 바꾼다"라는 문장과 마주쳤을 때, 그간 인터뷰한 사람들이 떠올랐다. 오랜 무명 생활, 가족의 갑작스러운 죽음, 지독한 가난, 오랜 직장 생활에 지친 번아웃… 저마다 자신에게 닥친 고통을 정면으로 바라보면서 견뎌 냈기에 그들은 단단해질 수 있었다.

그들의 이야기를 받아 적을 때마다 내가 겪는 고통만 독특하고 심각하다는 오해를 번번이 떨쳐 낼 수 있었다. 그리고 생각했다. 나는 이 고통을 어떻게 감당할 것인가. 이 고통이 끝나면 나는 어떤 사람이 되어 있을까. 어렵지만 생각해 볼 만한 가치가 있는 질문이다.

"사람이 빛나는
장소도 타이밍도
제각각이라고
생각해."

아오야마 미치코, 『월요일의 말차 카페』

(권남희 옮김, 문예춘추사, 2022)

"산호야, 시간 괜찮으면 통화할까?" 하루가 저물어 갈 무렵 카톡이 울렸다. 영국에 사는 언니였다. 우리는 안부를 묻고, 요즘 반한 미남 배우는 누군지, 부쩍 약해진 체력 관리는 어떻게 해야 하는지 수다를 떨었다.

그러다 언니가 영국 생활을 정리하고 한국으로 들어와 엄마를 모셔야 할 것 같다는 말을 꺼냈다. 얼마 전 언니 집에서 머물렀을 때 나눴던 대화가 떠올랐다. "언니, 영국에 안 오고 한국에 계속 살았으면 어땠을 것 같아?" 언니는 잠시 생각하다 대답했다. "나는 한국에선 못 살았을 것 같아. 너무 답답해." 나는 고개를 끄덕였다.

매사에 경쟁적이고, 항상 비교하며, 날로 인심이 각박해지는 한국에서 언니는 행복하지 못했을 것이다. 언니는 느긋하게 자기만의 속도로 베풀며 사는 사람이었으니까. 언니의 판단은 옳았다. 음식 솜씨, 긍정적인 성격, 위기에 강한 대처력은 영국에서 훌륭한 열매를 맺었다.

사람은 여러 개의 인생을 살 수 없어 지인과 친구, 책과 예술 작품을 통해 다른 세계를 경험한다고 했던가. 그런 의미에서 언니는 한국보다 더 큰 세상에 나가서 도전하고 개척하는 삶의 아름다움을 보여 줬다. 언니와 달리 나는 한국에서 읽고 쓰는 삶을 살며 나만의 성장을 계속했다. 우리가 빛나는 장소와 타이밍은 각각 달랐지만, 언제나 그런 서로를 뿌듯해했다. 오랜 도전을 마치고 돌아올 언니를 설레는 마음으로 기다린다.

"이런저런 고민도
있겠지만, 날마다
감사히 밥을 먹다
보면 어떻게든
되더라고요.
그렇게 생각하면
나도 좀 힘이
나요."

아오야마 미치코, 『목요일에는 코코아를』

(권남희 옮김, 문예춘추사, 2022)

딸과 둘이 살 때도 혼밥을 자주 먹었지만, 작년에 아이가 일본 유학을 떠나자 본격 혼밥자가 됐다. 친구들은 그런 내가 안쓰러운지 볼 때마다 말한다. "밥 잘 챙겨 먹어." "알았어."

하지만 나는 점점 하루에 두 번 하는 식사를 숙제하듯, 어떨 때는 마치 지루한 생을 이어 가기 위해 억지로 사료를 먹듯 먹어 치우게 됐다. 아침은 입맛 없고 기운도 없는데 배는 고프니 국이나 물에 말아 대충 해치우고, 저녁은 마트에서 만 원에 세 개짜리 밑반찬을 사다가 식탁에 늘어놓고 먹거나, 드물게 고기가 당길 땐 전기구이 치킨을 사 왔다가 다 못 먹어서 버리는 생활이 이어졌다.

어느 날 일본 소설을 읽다가, 날마다 감사하게 밥을 먹는 남편을 보며 어려움을 이겨 내고 산다는 할머니의 말에서 순간 멈칫했다. 나는 매 끼니 먹는 밥을 감사하게 여기며 먹은 적이 있었나? 숙제처럼 해치우고, 국물을 마시듯 후루룩 들이켜는 식사에서 기쁨을, 감동을, 몸과 영혼에 보약이 되는 영양을 섭취할 수 있을까.

그때부터 하루에 반찬 하나는 꼭 해서 먹는 습관을 들이기 시작했다. 내가 먹을 반찬을 다지거나 굽거나 튀기거나 무치면서 생각한다. 이걸 먹고 힘을 내자. 이 재료를 살 돈이 있고, 이걸 요리할 시간과 힘이 있고, 이걸 먹고 맛을 음미할 수 있는 건강이 있다는 걸 감사히 여기자.

이제는 아침밥을 먹으면서 오늘 하루도 잘 지내자고 나를 격려한다. 저녁 식탁에 앉으면 오늘도 잘 살았다고 나를 칭찬한다. 감사히 먹는 밥을 통해 하루가 지나간다. 그렇게 인생이 지나간다.

서두를 필요 없어.
반짝일 필요도
없어. 자기 자신
외에는 아무도 될
필요가 없어.

버지니아 울프, 『자기만의 방』

(박산호 옮김, 시공사, 2020)

그날은 한 해의 마지막 날이었다. 나는 저녁 초대를 받아 버스를 타러 갔다. 날은 차가웠지만 정류장에 이르자마자 운 좋게 버스가 왔다. 기사 아저씨가 "어서 오세요" 하고 인사를 건넸다. 나도 꾸벅 인사하고 주위를 둘러보니 승객이 대여섯 명쯤 앉아 있었다. 오늘 저녁 모임이라도 없었으면 정말 우울한 연말을 보낼 뻔했다고 생각하며 창밖으로 시선을 돌렸다. 차창 밖으로 익숙한 풍경이 하나씩 스쳐 갈 무렵, 라디오에서 김광석의 노래가 흘러나왔다.

제목이 뭔지는 기억나지 않는다. 어쩌면 라디오가 아니었는지도 모르는 게 노래가 끝나고 이어서 김광석 노래가 또 흘러나왔으니까. 기타를 치며 낭랑한 목소리로 부르는 그의 노래에 왠지 허전한 마음을 기대고 있는데, 갑자기 노랫소리가 들렸다.

깜짝 놀라 소리의 근원을 찾아보니 기사님이 김광석 노래를 따라 부르고 있었다. 그 노랫소리는 김광석의 목소리와 제법 잘 어울렸고, 두 사람의 노랫소리가 천천히 버스를 채우는 동안 승객들은 조용히 그 노래를 듣고 있었다. 이 버스를 타면 으레 기사님의 노래를 들어야 한다는 듯이. 기사님은 그 무대를 누려야 할 자격이 있다는 듯이.

그날 나는 페이스북에 올해 열 가지 도전을 했는데 모두 다 실패했다고 하소연했다. 그런데 기사님의 노래를 들으며 돌이켜보니, 뜻한 바는 이루지 못했어도 소소한 성취는 있었다. 나는 내가 성급했음을, 오만했음을 깨달았다. 기분 좋게 노래를 따라 부르며 느긋하게 핸들을 돌리는 기사님의 등에서 서두를 필요도 없고 반짝일 필요도 없다고, 그저 자기 자신이 되라는 버지니아 울프의 말이 떠올랐다.

행복해지기 전에
웃어야 한다.
웃어 보기도 전에
죽을지 모르니.

철학자 장 드 라브뤼예르

어느 겨울날 제주도에 내려갔다가 오래간만에 올라온 번역가 친구와 서울에 사는 번역가 친구를 만났다. 우리 셋은 번역 데뷔한 해도 비슷하고 오랜 세월을 책동네에서 같이 버텨온지라 전우애가 남달리 두터웠다. 우리는 절대 팔리지 않는 책에 대해, 끝이 보이는 듯한 번역가 커리어에 대해, 자꾸 여기저기 아픈 몸에 관해 이야기를 나눴다. 어느새 밖에는 펑펑 눈이 쏟아지고 있었다. 우리는 그 눈을 보며 우리가 안고 있는 사소한 불행을 희화화하고 서로를 놀리면서 같이 배를 잡고 웃었다.

기쁘고 행복한 일이 있을 때만 웃어야 한다면 사는 동안 웃을 일이 몇 번이나 있을까. 그러니 웃을 기회를, 같이 웃을 사람들을, 나를 웃게 만드는 것을 열심히 찾아야 한다. 그건 웹툰일 수도 있고, 개그 프로일수도 있고, 유튜브에 나오는 웃긴 동물 영상일 수도 있고, 친구들과의 수다일 수도 있다. 그렇게 세찬 물살이 흐르는 시내 곳곳에 웃음이란 돌로 하나하나 징검다리를 놓아야 다음으로 넘어갈 수 있다.

그런 면에서 지금까지 사귄 남자친구 중 지금도 생각나는 사람은 미남도 아니고 부자도 아니고 나를 가장 많이 웃겨 준 사람이었다. 웃음이 그렇게나 강력하다. 그러니 웃고 살자. 실컷 웃지도 못하고 죽어 버리는 인생이란 너무 가엾지 않은가.

분명 괜찮을
것이다. 그런
기분이 든다.
무너져버릴 것
같은 순간은
앞으로도 여러 번
겪을 것이다.
그럴 때마다
주위 사람이나
사물로부터 용기를
얻으면 된다.

오쿠다 히데오, 『공중그네』

(이영미 옮김, 은행나무, 2005)

월말이 다가오는데 머릿속이 너무 복잡했다. 아무리 박박 긁어도 나갈 돈에서 딱 200만 원이 부족했다. 몇 년 전의 내가 이런 내 모습을 보면 얼마나 한심해할까. 어떻게 넌 200만 원이 없어서 그렇게 죽상을 하고 있어? 인생이 그렇게 한심해도 되는 거야?

그때는 몰랐다. 만사가 너무 순조로워 인생이 지루해 보이기 시작할 때, 숨어 있던 장애물이 불쑥불쑥 튀어나올 줄은. 아이가 아팠고, 코로나가 시작된 반 년 넘게 번역 의뢰가 한 건도 오지 않았다. 그렇게 기울기 시작한 내리막의 경사는 너무나도 가팔랐다. 번역 대신 쓴 책도 안 팔리고, 준비한 강의들은 다 엎어졌다. 빚만 늘어나기 바빴다.

어느새 아침에 일어나기가 에베레스트 등반처럼 힘들어지기 시작했다. 일어나 봤자 어제와 똑같이 나쁠 텐데 뭐. 억지로 일어나도 한 치 앞이 보이지 않는 눈보라 속에 있는 것처럼 막막했다. 어느 날 내 증세가 심상치 않음을 알아차렸다. 나는 간단한 서류 하나를 일주일째 처리 못 하고 있었다.

그 무렵 불안과 우울을 해소해 준다는 영양제 광고를 인터넷에서 봤다. 반신반의하는 마음으로 주문해서 먹었는데 놀랍게도 다음 날 아침에 바로 침대에서 일어났다. 200만 원이 태산처럼 짓누르는 바람에 엎어졌던 나는 그깟 200만 원, 하면서 다시 일어났다. 전지전능한 알고리즘이 점지해 준 영양제 덕분에. 일어나기 힘든 순간은 앞으로도 또 올 것이다. 그럴 땐 기댈 것을 찾으면 된다. 그게 사람이건, 사물이건, 약이건.

삶은 그동안
사랑했던 사람들의
총합이 된다.

조나 레러, 『사랑을 지키는 법』

(박내선 옮김, 21세기북스, 2017)

어렸을 때는 사귐에 몹시 서툴렀다. 그러다 5학년 때 항상 밝은 표정으로 반 아이들 이름을 하나하나 부르며 격려해 주신 담임 선생님 덕분에 아이들과 친해질 수 있었다. 그러나 친구 사귀기란 나에게 여전히 쉽지 않은 일이었다. 아이를 낳은 후 아이 친구 엄마들이라는 새로운 허들이 생겼다! 아이가 커서 그 시련을 졸업하나 싶었지만 강아지를 입양하니 동네 강아지 엄마들이라는 친교 그룹을 또 피해 다녀야 했다.

그런 내게 '동네 친구들'이라는 선물 같은 사람들이 생겼다. 일산은 동화작가, 번역가, 편집자, 소설가, 방송작가, 과학자가 차고 넘쳐서 번개 한 번 치면 술집 하나 채우는 건 일도 아니다. 덕분에 글로 먹고사는 즐거움과 괴로움을 공유할 친구들이 생겼다. 마음 맞으면 바로 만나 카페에서 커피를 마시거나 공원을 산책하거나 새로 발굴한 동네 맛집을 찾아갈 수 있는 동네 친구란 그 얼마나 황홀한 존재인가.

다들 형편은 비슷하지만, 사는 게 힘들다고 우울해하는 이에게 밥을 사 주고, 글이 안 써지는 친구에게 커피를 사 주고, 답답할 때는 산책 동무가 되어 주고. 그렇게 인생의 시름과 기쁨과 고단함을 같이 나눈다. 삶이 그동안 사랑했던 사람의 총합이라면 나는 여기서 꽤 풍요롭게 살고 있는 셈이다.

두려움을 가지고
있지 않은 사람은
없습니다. 하지만
진짜 두려움은
우리가 그
두려움에
너무 큰 비중을
두었을 때
생겨납니다.

방송인 오프라 윈프리,

(재닛 로우, 『오프라 윈프리-신화가 된 여자』,

신리나 옮김, 청년정신, 2002)

아끼는 후배가 있다. 재능이 넘치는데 공동 저작으로 첫 책을 쓴 뒤 두 번째 책이 나오지 않아서 물어본 적이 있다. "다음 책은 왜 안 나와? 내가 타는 목마름으로 기다리고 있어." 후배는 머리를 긁적이더니 못 쓰겠다고 했다. 써야 할 내용은 머릿속에 꽉 차 있는데 좀처럼 써지질 않는다고. 나는 백지 앞에 선 후배의 두려움을 이해할 수 있어 어깨를 다독여 줬다.

쓰기에 대한 공포는 내 후배만 겪고 있는 건 아니다. 출판사 대표들을 만나 이야기를 나누다 보면 원고를 주지 않는 저자들 때문에 겪는 고충이 항상 나온다. 실은 나도 할 말이 없다. 이 원고도 작년에 마무리했어야 하니까.

두려움이 없는 사람은 없다. 장롱면허인데 운전해야 하는 두려움, 사람들 앞에서 발표해야 하는 두려움, 시험을 망칠 것 같은 두려움, 이번 달에는 대출 이자를 못 낼 것 같은 두려움. 처음엔 앙상한 나뭇가지 같던 두려움이 어느새 울창한 거목으로 자라난다.

작년에 용하다는 무당을 소개받았다. 영국 취재를 앞두고 건강이 걱정돼 찾은 김에 용기 내어 물어봤다. "제가 글쓰기로 먹고살 수 있을까요? 정확히 말해 소설을 써서 먹고살 수 있을까요?"

"그럼요. 그런데 좀 더 일찍 시작했어도 잘 썼을 텐데. 쓰세요." 무당의 대답을 듣는 순간, 복잡한 감정이 들었다. 무당이 말하는 좀 더 일찍이 정확히 언제인지 알고 있었기에. 대학 다닐 때부터 쓰고 싶었지만 쓰지 못했다. 재능 없는 내가 괜히 시도했다가 굶어 죽을까 두려웠다. 결국 두려움의 몸피를 불려 온 범인은 바로 나였다.

삶은 우릴

때려눕히고 우린

다시 일어나는

거야. 그게 전부야.

제임스 설터, 『아메리칸 급행열차』

(서창렬 옮김, 마음산책, 2018)

새해에는 뭔가 달라지고 싶었다. 물론 새해엔 다들 그런 결심을 하지만, 50대가 되니 그런 마음에 절박함이 더해졌다. 이렇게 살던 대로 살다가 어느 날 어이없이 세상을 떠날 것 같았다. 후회만 남긴 채.

그래서 1월 1일부터 열심히 살았다. 일도 살림도 성실하게, 날마다 책을 읽고 공부했다. 그러나 하나가 빠져 있었다. 바로 쉼. 그렇게 2주 정도 초인처럼 살다 보니 몸이 항의하기 시작했다. 방광염이 점점 심해져 처방 약을 수도 없이 바꾸고, 주사를 맞고, 방광염에 좋다는 크랜베리와 각종 영양제를 끝도 없이 사들였다. 나는 좌절했고 나의 저질 체력에 화가 났다.

그러던 어느 날 주사를 맞으러 집을 나섰다. 아무 생각 없이 땅만 보고 걷는데 파란 택배 트럭이 눈에 들어왔다. 아파트에 택배 차량이 들어와 있는 풍경은 신기할 게 없는데, 왜 내 시선이 거기 멈췄을까. 트럭 옆에서 남자와 여자가 함께 일하는데, 남자의 한쪽 팔이 없었다. 두 손으로 해도 힘겨울 일을 그는 왼손 하나로 묵묵히 해 내고 있었다.

그걸 보자 내 속에서 다글다글 끓던 화가 증발해 버렸다. 나의 전쟁이 힘들지만, 과연 남들만큼 힘들다 할 수 있을까. 삶이 우릴 때려눕힐 때 우리가 할 수 있는 건 그저 다시 일어나는 일이 전부라고 하지만 그게 말처럼 쉽진 않다. 그래도 사람들은 대부분 그 힘든 일을 영웅적으로 해 내고 있었다. 나는 그 엄혹한 사실을 일깨워 준 택배맨에게 마음속으로 파이팅을 외치며 가던 길을 갔다.

길을 아는 것과
그 길을 걷는 것은
분명히 다르다.

영화 『매트릭스』에서 모피우스가 한 말

나의 첫 청소년 소설이 나왔다. 소설로는 두 번째 작품이다. 내가 청소년 소설을 쓰다니!! 남들에겐 별일 아니었지만 나로선 꽤 놀라운 일이다. 사실 첫 책은 책 읽기를 좋아하고, 글을 쓰고 싶은 욕망이 있으며, 하고 싶은 이야기가 있는 사람이라면 누구나 쓸 수 있다고 생각한다.

그러나 두 번째 책을 내는 건 쉽진 않다. 요즘처럼 책이 살벌하게 안 팔리는 시장에선 더더욱 그렇다. 나는 모처럼 찾아온 기회에 보답하기 위해, 그리고 첫 책은 운이 좋아 나온 것이란 사람들의 의심을 물리치기 위해 최선을 다했다. 청소년 소설을 열심히 찾아 읽고, 청소년 소설 쓰는 법에 관한 책들도 찾아보고, 일반 작법서도 여러 권 읽었다. 작법서를 수도 없이 사들이다 이미 책장에서 먼지를 쓰고 있는 똑같은 책을 보고 쓴웃음을 지은 적도 있다.

그렇게 쓰면서 공부를 병행하니, 길을 아는 것과 그 길을 걷는 것은 다르다는 말이 무슨 뜻인지 이해할 수 있었다. 사실 소설을 쓰기 전에도 작법서는 여러 권 읽었다. 읽을 때는 밑줄도 치고, 고개를 끄덕이며 메모도 했다. 그러나 소설을 쓰지 않으면서 읽는 작법서는 만고에 쓸모가 없었고, 발전도 없었다.

내겐 소설 쓰기였지만, 인생도 이렇지 않을까. 뭔가를 다듬고 썰어서 끓이거나 볶거나 찌지도 않은 채 현란한 요리 동영상만 백날 봐 봐야 요리 실력이 늘 리 없고, 재테크 서적을 백 권 읽어도 내가 부자가 되는 기적은 일어나지 않는다. 그 일에 온몸으로 뛰어들지 않는 한, 머릿속에 있는 지식을 실천하지 않는 한 달라지는 건 아무것도 없다.

하지 않은 행동에
대한 후회는
선택지가 없다.

다니엘 핑크, 『후회의 재발견』

(김명철 옮김, 한국경제신문, 2022)

최근에 지인이 둘이나 암 판정을 받았다. 갑작스러운 소식에 놀란 나는 미력하게나마 그들을 위로했다. 그들이 내게 해 준 말 중에 유독 마음을 파고든 단어는 바로 '후회'였다. 한 사람은 그간 하고 싶은 일은 거의 다 해 봐서 여한이 없다고 했지만, 또 한 친구는 너무 일 욕심을 부린 게 후회가 된다고 담담하게 말해서 마음이 아팠다.

두 사람의 고통에 비할 순 없지만, 나도 망막이 파열됐으니어서 큰 병원으로 가라는 동네 안과 선생님의 말씀을 듣는 순간 아찔했다. 이러다 실명하는 건 아닐까 겁이 났다. 그리고 눈에 무슨 일이 생기기 전에 소설을 써 봐서 다행이라는 생각에 허탈한 웃음이 났다.

인간인 이상 우리는 이렇게 할 걸 그랬어, 저렇게 할 걸 그랬어, 라는 후회의 그림자에서 벗어날 수 없다. 그나마 해 본 일을 후회할 수 있는 거지, 안 해 본 일은 후회조차 할 수 없다. 세상만사 뜻대로 되는 건 별로 없고, 무엇보다 우리는 우리가 하는 일의 결과를 통제할 수 없다. 하지만 시도는 해 봐야 한다.

그때 그 사람과 키스를 해 봐야 했어. 그때 빚을 내서라도 외국에 가서 공부해 봐야 했어. 그때 직장을 그만뒀어야 했어. 후회의 리스트는 절대 끝나지 않는다. 그래도 한 번 사는 인생, 미친척 질러 보고 나서 후회하는 것이 여한이 덜 남는다.

나의 노력은
오로지 버티는
데만 관심이
있었다. 하루를,
한 시간을, 어떤
한 순간을 버티는
노력.

강석희,『내일의 피크닉』

(책폴, 2024)

처음 이혼을 결심했을 때는 생각보다 두려움이 크지 않았다. 어떻게든 혼자 아이를 키우면서 먹고살 수 있다고, 지금보단 잘 살 수 있을 거라고 막연히 생각했다. 이런저런 일에 속을 썩이거나 몸이 아파 고생하거나 인간관계로 골머리를 앓기도 했지만 크게 절망하거나 슬퍼하진 않았다.

그러다 극심한 출판계 불황과 인공지능 번역으로 인해 전업 번역가라는 내 업이 뿌리째 흔들리기 시작하면서 더럭 겁이 나기 시작했다.

항상 반년에서 1년 치 일을 쌓아 둔 중견 번역가였던 내가 올해 초부터 번역 의뢰가 딱 끊겼을 때는 공포가 밀려왔다. 내 은퇴 시기는 내가 정할 수 있다고 생각한 게 판단 착오였음을 뒤늦게 깨닫고 당혹스러웠다.

한동안 불면증에 시달리고, 돈 문제 때문에 엄마와 얼굴을 붉히기도 했고, 유학 간 딸에게 어려운 상황을 설명해서 이해를 구하기도 했다. 어떻게든 달라진 환경에 적응하려고 동분서주하며 사람들의 조언을 구하러 다니기도 했다.

그렇게 안간힘을 쓰다가 서른아홉 살 나를 상담했던 선생님이 한 말이 떠올랐다. "산호 씨는 참 대단한 사람이에요. 이렇게 많은 책을 번역했고, 아이도 잘 키우고 있잖아요. 자신을 믿어 주세요." 그래, 나는 다시 한번 나를 믿어 보기로 했다. 어떻게든 살아지겠지. 프리랜서라는 정글에서도 버텨 냈잖아. 세상이 믿어 주지 않아도 내가 날 믿어 주는 한 다시 버틸 수 있을 것이다.

한번 해 보는
거예요. 재능이
있는지 없는지
고민하는 대신
우선 써 보자는
생각이었어요.
한 번쯤은
이렇게 살아 보고
싶었으니까.

황보름, 『어서오세요, 휴남동 서점입니다』

(클레이하우스, 2022)

『백 엔의 사랑』이라는 영화를 좋아한다. 줄거리는 다음과 같다. 나이 서른둘에 백수인 주인공 이치코. 동생과 싸우고 엉겁결에 독립해 평소 가던 편의점에서 일하게 된다. 어느 날 이치코는 한 복싱장을 '발견'한다.

이치코는 복싱을 시작하지만, 인생이 딱히 달라지진 않는다. 어렵게 사귄 남자는 바람나고, 이혼남 동료에게 몹쓸 일을 당하고, 새 상사는 재수 없고. 이치코는 굴하지 않고 복싱을 계속해 마침내 날카로운 눈빛과 근육을 갖춘 프로 선수가 된다. 그리고 첫 시합에 나가서… 처절하게 지는 것으로 영화가 끝난다.

처음엔 실망했다. 영화니까 기왕이면 승리로 끝났으면 싶었다. 하지만 생각날 때마다 다시 보면서 알았다. 내가 정말 보고 싶었던 건 결국 승리하는 이치코가 아니라 끝까지 전진하는 이치코였다.

퉁퉁 부은 이치코의 얼굴을 보다가 나의 애독자가 생각났다. 바둑을 사랑하는 그는 작년에 프로 입단 테스트를 보기 위해 자신에게 1년이란 시간을 주기로 했다고 말했다.

1년 뒤, 그는 입단은 못 했지만 많이 배웠고, 열심히 싸웠으며, 실력이 늘었다고 담담하게 말했다. 우리가 사랑하는 일에서 정상에 오르는 건 영화에서나 가능할지도 모르겠다. 그러나 이치코와 나의 애독자는 그거로 충분하지 않을까?

성공의 전략은
간단하다. 최대한
집적거려라.

나심 니콜라스 탈레브, 『블랙 스완』

(동녘사이언스, 2018)

얼마 전 세 번째로 계약한 장편소설의 장르는 액션 소설이다. 나는 항상 힘이 센 주인공, 특히 힘센 여자 주인공이 나오는 이야기에 매료됐기에 10대 때는 홍콩 영화 『예스 마담』 시리즈에 빠져 있었다. 그래서 참고할 작품을 찾는데 여성 작가 두 명이 레이더에 걸렸다. 아드레날린이 끓어오르는 그들의 최신작을 읽고 홀딱 반해 초기작을 구해 읽었는데….

실망스럽게도 초기작은 최근작에 비해 좀 부족해 보였다. 스토리는 엉성하고, 주인공 캐릭터는 설득력이 부족하고, 문장은 어설펐다. 하지만 처음의 실망은 서서히 안도와 기쁨으로 변했다. 프로 작가라고 다들 처음부터 짠, 하고 엄청난 괴물을 들고 나타난 게 아니었구나. 다들 오랜 시간에 걸쳐 쓰고 또 쓰고, 아이디어를 고민하고, 캐릭터를 다듬으며 노력한 끝에 감탄스러운 소설을 쓰는 경지에 이르렀구나.

물론 데뷔작으로 세상을 경악시킨 천재 소설가도 종종 등장한다. 그러나 그런 충격적인 데뷔작 이후 이렇다 할 작품을 쓰지 못하거나 다음 작품이 데뷔작을 능가하지 못해 조용히 사라진 소설가도 셀 수 없이 많다. 히트작을 하나 내기도 어렵지만, 원 히트 원더로 생을 마감한 예술가도 많은 것이 현실이다.

그러니 '성공하려면 최대한 집적거리라'는 나심 탈레브의 말은 정말 현실적인 꿀팁이 아닐 수 없다. 매일 쓰다 보면 어제의 나보다는 더 나은 글을 쓰게 된다. 선배 소설가들의 작품을 보며 확실히 깨달았다.

나는 사소하고
하찮은 것들을
사랑한다. 시련이
닥치면 그것들이
나를 지탱하는
원천이 되어 주기
때문이다.

작가 오스카 와일드

투썸플레이스 카페의 아이스박스 케이크 아껴 먹기. 햇빛이 화창한 날 강아지와 산책하기. 귀여운 아기 판다들의 재롱 보기. 심장이 쿵쿵 뛰는 액션 드라마 몰아 보기. 너무 매워 혓바닥이 아리는 컵라면 먹기. 서점에 가서 맘에 드는 책 한 권 사기. 딸과 호수공원 걸으며 수다 떨기.

내가 사랑하는 사소하고 하찮은 일들의 목록이다. 시련이 닥치면 이런 사소한 위로가 나를 지탱해 줬다는 오스카 와일드의 처방은 유효했다. 아마도 본인이 직접 어마어마한 시련을 겪으며 체득한 진리이리라. 그는 1895년 동성애 사건으로 2년간의 노동 금고형 처분을 받았다. 작가로서 성공의 정점을 찍은 때에 그런 일이 일어났으니 그 추락의 고통을 감히 짐작도 못 하겠다.

내 경우는 막무가내로 힘센 시바견 해피에게 질질 끌려다니다 보면 터질 것 같던 속이 좀 풀린다. 인정사정없이 매운 컵라면을 먹으며 핑곗김에 주르륵 눈물을 흘려 버린다. 달디단 케이크를 한 입씩 떠먹으면서 쓰디쓴 세상사를 잠시 잊는다. 친구 같은 딸과 달빛이 교교하게 흐르는 공원을 걸으며 원수처럼 싸우던 사춘기 딸이 멋지게 성장했다는 기쁨에 뭉클하기도 한다.

바라던 성공과 돈이 지평선 너머 다다를 수 없는 점처럼 보일 때도, 작지만 확실한 위로는 언제나 가까이 있었다. 사람들은 커다란 행복을 기대하면서 작은 행복을 잃어버리곤 한다고 펄 벅이 말했는데, 나는 그럭저럭 1인분의 행복을 놓치지 않고 산다.

문을 계속
두드리면 결국
누군가 깨어나
문을 열어 줄
것이다.

시인 헨리 워즈워스 롱펠로

언젠가 사는 게 너무 절망스러워 팔로워가 거의 없는 한 소셜미디어에 이런 글을 남겼다. "벽으로 보이지만 두드리다 보면 문이 된다는 말이 있는데… 요즘은 문인 줄 알고 두드렸는데 알고 보니 벽이었다,가 더 많은 듯." 그때는 하는 일마다 되는 게 없어 답답했다.

어느 날 작은 기적이 일어났다. 밀린 번역을 하려고 밤늦게 컴퓨터 앞에 앉았는데 새 메시지가 하나 들어왔다. 평소에 왕래가 없던 어느 저작권 에이전시 대표님이 보낸 메시지였다.

내 첫 소설 『너를 찾아서』를 재미있게 읽어서 일본 출판사에 번역 출간을 제의하고 싶은데 판권이 살아 있는지 궁금하다고. 그 순간 머리가 새하얗게 변했다. 바로 통화해서 듣게 된 이야기는 기적이라고밖에 할 수 없었다. 한국 스릴러 소설을 출판하고 싶다는 일본 출판사의 의뢰를 받은 대표님이 한국에 왔는데, 마침 묵고 있던 지인의 집 책장에 내 소설이 꽂혀 있었다고. 무심코 읽었는데 한 편의 드라마처럼 읽혀서 일본 출판사에 추천하고 싶다고. 그렇게 일은 일사천리로 진행됐다.

"평생 번역만 하던 사람이 왜 소설을 쓴대?"라는 의아한 시선을 받으며 스스로도 재능이 없는 것 같아 괴로울 때 들어온 이 소식은 엄청난 선물이었다. 이건 마치 "너도 할 수 있어"라고 우주가 보내는 격려를 받은 느낌이랄까.

그 뒤로 문인 줄 알고 두드렸는데 벽이었다는 자조 섞인 나의 포스팅을 다시 생각해 봤다. (벽처럼 보이는) 어떤 문은 생각보다 훨씬 더 오래 그리고 세게 두드려야 하는지도 모르겠다. 언젠가는 누군가 우리의 말을 들어 줄지도 모른다. 우리가 할 수 있는 건 그저 누군가 들어 줄 때까지 두드려 보는 것.

두려움을 이기는
법도 배워야 했다.
앞으로 나아가기
위해서는.

정은, 『산책을 듣는 시간』

(사계절, 2018)

한때 성냥을 켜는 것이 너무 두려웠다. 어릴 적 살던 집 부엌에는 연탄아궁이와 곤로가 있었다. 밥은 연탄불 위에 솥을 올려놓고 했지만, 센 불에서 해야 하는 요리는 곤로를 썼다. 곤로는 성냥불을 켜서 심지에 불을 붙였는데 어린 나는 성냥을 켜는 게 너무 무서웠다. 그래서 어른들이 집에 없을 땐 쫄쫄 굶는 일도 많았다.

어른이 되어도 두려움은 사라지지 않았다. 내가 담배를 피우지 않는 이유 중 하나는 성냥이나 라이터를 켜는 게 두려워서인지도 모르겠다. 그랬던 내가 요즘은 매일 성냥으로 불을 피우고 있다. 어찌 된 일일까.

지난겨울 집 안을 떠도는 잡냄새를 잡기 위해 미니 양초를 켜기 시작했다. 처음엔 가스 점화기를 썼는데 어느 순간 가스가 다 떨어졌다. 그때 싱크대 서랍 속에서 굴러다니는 성냥갑(엄마가 쓰려고 넣어 둔 것)을 보고 성냥을 써 보자고 결심했다. 그 뒤로 날마다 성냥불 켜는 연습을 하느라 때로는 성냥 한 갑을 다 쓰기도 했다. 너무너무 불이 안 붙을 때면 '나는 성냥불 붙이는데도 재능이 없나' 하고 하찮은 절망을 했지만, 무수한 실패 끝에 내 잘못이 아님을 알았다. 성냥갑의 황이 눅눅해졌기 때문이었다.

이제는 성냥불 켜는 데 재미를 붙였다. 매일 밤 성냥갑 옆에 붙은 황을 가늘고 작은 성냥의 머리로 확 내리쳐 불을 붙이면 그 불꽃 크기만큼의 쾌감이 일렁인다. 좀 더 일찍 두려움을 극복했더라면. 어린 날의 내가 혼자서 곤로도 척척 켜고, 라면도 끓여 먹고, 그러다 보면 세상이 좀 덜 무서웠을 텐데. 내 안에 자리 잡았던 두려움이란 거인이 생각보다 그렇게 크고 무섭지 않았을지도 모른다는 걸 오랜 세월이 지나서야 알게 됐다.

때로 불행과
행운의 얼굴은
같고, 나는
여전히 그 얼굴을
구분하지 못한다.

드라마

『어느 날 우리 집 현관으로 멸망이 들어왔다』에서

탁동경이 하는 말

출간 준비 중인 소설에 작은 사고가 있었다. 어느 책이든 다 그렇지만, 이번 책은 특히 더 공을 들이던 터라 사고가 생긴 걸 인지한 순간 나는 물론 제작에 관여한 모두가 공황에 빠졌다. 코앞에 닥친 출간 일정은 어쩔 수 없이 연기됐고, 어떻게든 사고를 수습해야 했다.

결국 그럭저럭 해결됐지만 며칠을 멍하니 있었다. 사람들은 책이 더 잘되려고, 아주 예쁜 책이 나오려고 그랬나 봐, 하면서 나를 위로했다. 사람들이 하는 말을 조용히 곱씹다가 지난 일들이 떠올랐다. 대학교 다닐 때 열렬하게 짝사랑했는데 고백 한번 못 한 남자 동기, 알고 보니 엄청난 바람둥이여서 사귀는 여자마다 울면서 헤어졌다는 소문이 파다했다. 내 인생 최초로 집을 사려고 진지하게 결심했다가 결국 못 사고 두고두고 속상했는데, 2년도 못 돼 집값이 바닥을 쳐서 남몰래 가슴을 쓸어내리기도 했다. 결혼 생활이 너무 힘들었지만, 보석 같은 딸이 생겼다.

나에게 찾아온 불운이라고 생각했지만, 결과적으로 행운이된 일들. 물론 모든 불운이 행운으로 바뀌진 않았다. 그랬다면 인생이 너무 빤해서 재미없었겠지. 그래도 살다 보니 불운이 행운으로 역전되기도 하고, 불운이 불운으로 끝나더라도 뭔가 배우면서 험난한 세상을 헤쳐 나가는 지혜도 생겼다. 결국 책은 아주 잘 나왔고, 보는 사람마다 예쁘다고 칭찬했다. 이번에는 불행의 얼굴을 한 행운이 찾아온 셈이다.

과거의 실패에서
배우지 않는
사람은 바보지만,
과거의 실패에
주박처럼 묶인 채
살아가는 사람은
더 바보다.

모리사와 아키오, 『에밀리의 작은 부엌칼』

(문기업 옮김, 문예춘추사, 2023)

유명한 웹소설 작가를 인터뷰한 적이 있다. 그에게 현재 인기 있는 소재가 뭐냐고 묻자 '회빙환'이라고 대답했다. 회귀, 빙의, 환생이라는 세 단어를 줄인, 이른바 업계 용어였다.

몇 달 후 『내 남편과 결혼해 줘』라는 제목의 드라마가 선풍적인 인기를 끌었다. 이 드라마도 주인공이 억울하게 살해된 후 환생해서 통쾌한 복수를 펼치는 내용이었다. 드라마를 보다가 생각했다. 나도 기적처럼 환생해서 과거로 돌아갈 수 있다면, 어느 순간을 고르게 될까?

대학 입학 원서를 쓰던 날? 그때 내가 적당히 점수 맞춰서 가지 않고 평소에 관심 있었던 영문과나 국문과에 갔더라면, 혹은 책을 좋아하니 문헌정보학과 같은 곳에 갔더라면 내 인생이 좀 달라지지 않았을까? 그러다 웃음이 나왔다.

꿈을 향해 걸어온 세월이 고통스러울 정도로 길었지만, 굳이 과거로 돌아가 바꾸지 않아도 좋아하는 것을 향해 꾸준히 걸어왔구나, 싶어서였다. 다른 이들은 어느 때를 고를까 궁금했지만, 물어볼 필요도 없었다. 제 입으로 다 말해 주니까.

"그때 그 사람과 결혼만 안 했어도." "그때 그 주식만 샀어도." "그때 그 회사만 때려치우지 않았어도." 다들 과거로 회귀할 수만 있다면 바로 돌아가 인생을 바꿔 버릴 기세다. 하지만 그것은 푸념에 지나지 않는다.

인생은 잔인해서 잘못된 선택을 했더라도 계속 이어진다. 그러니 과거에 했던 잘못된 선택으로 인한 실수나 실패를 잊고 나아가는 수밖에 없다. 한 번의 실패가 인생을 통째로 결정하게 할 것인가, 아니면 그 실패를 넘어 인생의 또 다른 지형을 만들어 갈 것인가. 결국 우리는 선택한 대로 살아갈 수밖에 없다.

기회는 흔히
고생을 가장하고
오기 때문에
사람들은 대부분
알아보지 못한다.

칼럼니스트 앤 랜더스

사람들은 기회가 오지 않을까 두려운 마음보다 막상 기회가 왔는데 몰라보고 놓쳤다가 두고두고 애통해하는 경향이 있는 것 같다. 상상도 못 한 제안이 들어왔을 때 손사래를 치며 고사했다가 내가 외면한 길을 끝까지 가서 성공한 사람을 보면 뒤늦게 배가 아프고.

내게도 그런 기회가 있었다. 대학교 때 선배 언니가 같이 연극을 하자고 제안했다. 꽤 비중 있는 역할이었고, 나는 은근히 설렜다. 친구에게 그 얘기를 했더니 연극의 연 자도 모르는 네가 겁도 없이 어딜 뛰어드느냐고 적극 말렸다. 무대에 올리기까지 전공 공부도 못 한다, 무대에 선다 해도 그게 너의 미래와 무슨 상관이 있겠느냐는 설득을 듣다가 넘어갔다.

돌이켜 보면 그 연극을 하지 않았어도 전공 공부는 열심히 하지 않았고, 나의 대학 생활은 똑같은 틀에 갇혀 오락가락하다 끝났다. 그때 연극을 해 봤더라면 배우가 되진 않았더라도 다른 길이 보이지 않았을까, 하는 야릇한 후회와 감상에 젖기도 한다.

기회가 기회임을 알아보는 것이 진정한 재능인지도 모른다고 생각하며, 그때의 경험을 거울 삼아 요즘은 내게 들어오는 제안은 어지간하면 받아들이는 편이다. 그게 나를 어디로 이끌어 줄지 모르니까.

인간을 지배하는
것은 운명이
아니라 바로
자신의 마음이다.

미국 32대 대통령 프랭클린 루스벨트

운명이 아니라 내 마음이 내 인생을 지배한다는 말은 참 많이 들었다. 우울하고 지칠 때면 그런 말이 나를 콕콕 찌르는 비아냥처럼 느껴졌다. 말이야 쉽지. 매번 내 멱살을 잡고 다짜고짜 땅바닥에 메치는 것 같은 운명을 어떻게 거스를 수 있어?

이렇게 비뚤어져 있다가 우연히 SNS에서 한 동영상을 봤다. 주인이 던져 주는 공을 강아지가 신나게 쫓아다니는 영상인데, 어마어마한 조회수를 보고 의아했다. 강아지가 공 쫓아다니는 게 뭐 그리 대순가? 우리 집 강아지도 저 정도는 하는데. 그러다 영상을 찬찬히 보고 깜짝 놀랐다. 알고 보니 그 강아지는 녹내장과 백내장 때문에 두 눈이 먼 아이였다.

그러다 전에 들은 이야기가 생각났다. 인간은 사고나 질병으로 장애가 생기면 자신의 신세를 한탄하면서 집안에 틀어박히기 마련이지만, 개는 그저 현재를 힘껏 살아간다고. 그러고 보니 산책길에 자주 마주치는 갈색 푸들이 떠올랐다. 다리가 세 개밖에 없는 아이가 주인을 따라 겅중겅중 뛰어가는 모습이 아주 인상적이었다.

다리가 세 개인 강아지, 눈이 먼 강아지, 선천적으로 뒷다리를 못 쓰지만 기구를 이용해 평생 처음 산책하게 됐을 때 기뻐하는 강아지를 보며 마음에 대해 생각해 봤다. 인간은 만물의 영장인 척하지만 마음 하나에 죽고 사는 연약한 존재이기도 하다. 요망한 마음에 휘둘려 현재를 망각하는 인간에 비해 동물은 현재에 충실하고 그래서 행복하다. 상황이 문제가 아니라 마음이 문제라는 걸 때로는 동물에게서 배운다.

"나는 어제로
돌아갈 수 없어.
왜냐하면 나는
그때와 다른
사람이니까."

디즈니 애니메이션 『이상한 나라의 앨리스』에서

앨리스가 한 말

청소기를 돌리다 개집 모서리에 발을 세게 부딪쳤다. 청소를 마치고 보니 왼발 두 번째 발가락에서 피가 철철 흐르고 있었다. 피를 보자마자 심란해졌다. 이것 때문에 운동 못 가면 안 되는데. 그러다 웃음이 나왔다. 그토록 바라던 '운동하는 사람'이 됐구나 싶어서.

새해가 시작될 때마다 올해는 운동해야지, 다짐하지만 작년엔 절박했다. 6월에 영국에 취재하러 가려면 체력을 키워야 했으니까. 그래서 피트니스 센터에 6개월을 등록하면서 1대1 PT도 받기로 했다. 그렇게 시작된 운동은 일사천리로 진행…되진 않았다. 워낙 운동을 싫어해서 1년 동안 PT 수업만 간신히 나갔다. 영국에 다녀온 후 운동을 그만둘까, 생각했지만, PT 끊은 게 아까워 억지로 다녔다.

그렇게 1년 반이란 시간이 흐른 후 나는 이제 운동하는 사람이 됐다. 전에는 집안일을 하거나 머리를 감으려고 다리를 굽히는 것조차 힘들었는데 이제는 수월해졌고. 무거워 들 수 없던 프라이팬도 한 손으로 들고. 잼병도 경쾌하게 딸 수 있다. 빡세게 운동하며 땀 흘리다 보면 스트레스도 사라진다.

피를 닦고 보니 발가락 살이 길게 찢어지긴 했지만, 밴드를 붙이니 운동하러 갈 수 있었다. 나는 다른 사람이 됐으니 어제로 돌아갈 수 없다는 앨리스처럼, 이제는 운동을 싫어하는 어제로 돌아갈 수 없게 되어 뿌듯했다.

세상에 행복한

사람과 불행한

사람은 없어.

대신에 사람마다

행복한 시기와

불행한 시기가

있는데 너희

엄마는 잠시

불행하고 힘든

시기를 겪고

계시는 중일 거야.

정은, 『산책을 듣는 시간』

(사계절, 2018)

나를 '우울한' 사람이라고 스스로 정의하는 것은 무척 위험한 행위다. 물론 남을 그렇게 정의하는 것도 경솔하고 폭력적이고. 나도 타인이 그런 식으로 내 인생을 정의하고 재단하는 경험을 여러 번 겪었다. 내 에세이를 읽어 본 사람, 가까이서 내가 사는 모습을 지켜봤지만 나와 그다지 친하지 않거나 언어적 민감성이 둔감한 사람들이 이렇게 말하곤 했다. "선생님은 정말 인생에 굴곡이 많으시네요." 혹은 "선생님 인생은 파란만장하시네요." 심지어 이런 말도 들어 봤다. "저는 에세이는 못 쓸 것 같아요. 선생님 같은 결핍이 없어서요. 그런 결핍이 쓸 거리가 되잖아요."

옛날 사람들이 나를 봤다면 한마디로 정의했을 것이다. '팔자 센 여자.' 그것은 일종의 저주다. 여자는 그저 순탄하게 남자 잘 만나서 아이들 쑥쑥 낳고 살아야 행복하고, 그렇지 않은 여자들은 다 팔자가 드세다는. 그 말에는 불행한 사람을 만나면 그 불행이 전염될지도 모르니 피해야 한다는 뜻도 은연중에 깃들어 있다. 처음에는 타인의 그런 말에 상처받았지만, 이제는 맷집이 늘어서 그러려니 한다. 그런 생각을 할 순 있겠지만 굳이 소리 내어 말하는 너도 아름답지는 않다고 속으로 생각한다.

세상엔 아프기만 한 사람도 없고, 쉼 없이 재수 없는 사람도 없다. 우울할 때가 있는가 하면 그렇지 않을 때가 있고, 불행할 때도 있지만 살아 있어 기쁜 순간도 있다. 그러니 나도 남도 '○○한 사람'이라고 쉽게 정의하거나 낙인찍지 말자. 사람의 인생이란 그렇게 간단한 것이 아니다.

나는 늘 나의
가능성을 좁혀
왔어요.

아라키 아카네, 『세상 끝의 살인』

(이규원 옮김, 북스피어, 2023)

몇 가지 악몽을 반복적으로 꾼다. 신발을 잃어버리는 꿈, 교실에서서 수학 문제를 풀지 못하는 꿈, 운전을 잘 못하는 꿈. 나이가든 덕인지 수학 문제 푸는 꿈은 졸업했고 주로 핸들 앞에 앉아 식은땀을 흘리는 꿈을 꾼다. 영국에서 대학원 다닐 때 아이를 픽업해야 해서 운전을 시작했지만 자잘한 사고를 계속 냈고, 한국에돌아와서 짧게 1년 정도 운전하다가 결국 포기한 게 콤플렉스가됐다.

그러니 『세상 끝의 살인』을 읽으며 지구 멸망을 불과 두어 달앞둔 시점에서 주인공이 운전학원에 다닌다는 설정에 빠져든 건어쩌면 당연하다. 소설 속 등장인물들마저 주인공을 보며 지금지구가 망하는 판국에 운전이 대수냐고 놀라지만, 나는 정말 공감했다. 죽기 전에 꼭 해 보고 싶은 일 하나가 텅 빈 도로를 신나게 달려 보는 거니까.

세상이 멸망하기 전에 좋아했던 천문대를 마지막으로 보러가기 위해 운전을 배웠다면서 주인공은 이렇게 말한다. "나는 늘나의 가능성을 좁혀 왔어요." 순간 울컥했다. 운전도 못 하고 자전거도 못 타서 뚜벅이로 살아온 나는 항상 '나의 물리적 세계를좁혀 오면서' 살았다는 회한이 있다.

그러다 소설 속 운전학원 강사가 자기 인생인데 자기 마음대로 살면 된다고 하는 말에 나까지 위로받았다. 평생 뚜벅이였지만 여러 나라를 다니며 내가 움직일 수 있는 만큼 즐겁게 살아왔다. 이 정도면 생각보다 좁은 세상에서 사는 건 아니지 싶다.

불교에서는
함께 기뻐하면
그 사람의 행복이
나에게 오고,
그 사람의 복이
나에게 온다고
합니다.

용수, 박산호, 『이대로 살아도 좋아』

(선스토리, 2024)

두어 해 전에 티베트불교 용수 스님을 한동안 인터뷰했다. 그때 내가 던졌던 질문 중 하나는 바로 '질투'라는 감정에 관한 것이었다. 성공을 향한 불타는 욕망과 경쟁심이 워낙 치열한 한국에서 살다 보면 타인의 성공, 특히 지인이나 친구의 성공에 100퍼센트 기뻐하기란 쉽지 않다. 내 삶의 기준을 친구나 동료의 삶에 맞춘다면 더더욱 그렇고.

출판계를 예로 들면, 내 책은 출간 1년이 지나도록 천 권도 안 팔리다 말라 죽어 가는데 동료 작가가 낸 책은 나온 지 열흘도 안 돼서 2쇄를 찍었다는 소식을 들으면 부럽고 서글프고 자괴감이 든다. 거기서 조금 더 나아가면 그 글과 내 글이 뭐가 그렇게 달라서 이렇게까지 큰 차이가 나나 싶어 부글부글 끓을 때도 있다.

그렇게 질투하는 마음을 어떻게 다스려야 하냐고 스님께 여쭤 보니 의외로 명쾌한 답변이 돌아왔다. 바로 남의 성공과 행복을 내 것처럼 진심으로 기뻐하고 축하하면 그 복이 나에게 넘어온다는 말이었다. '저 작가는 왜 저렇게 글을 잘 쓴대?'라는 시기심을 '정말 축하해, 나도 저렇게 잘 쓰고 싶어'라는 선망의 마음으로 바꾸면 그 글쓰기 재능이 나에게 넘어온다고.

그렇게만 된다면 진심으로 축하받는 상대도 기쁘고, 언젠가는 그 복이 나에게 올 거란 생각에 나도 기쁘고. 이거야말로 선순환 아닌가. 그래서 이제는 지인이나 친구에게 기쁘거나 좋은 일이 생기면 열렬히 축하한다. 언젠가는 그 복이 나에게도 당도하기를 간절히 바라며.

내가 생각하기에
친절이야말로
인간이 가진 것 중
최고의 자질이다.

로알드 달,『마틸다』

(김난령 옮김, 시공주니어, 2018)

"일본에서 지내기 힘들지 않아?" 일본에서 공부하다 방학을 맞아 들어온 딸에게 평소에 무뚝뚝한 아빠가 애틋한 표정으로 물었다고 한다. 딸은 그 말을 듣는 순간 눈물이 쏟아질 뻔했다고. 나는 "그랬구나"라며 고개를 끄덕였다.

갑자기 과거의 한 장면이 떠올랐다. 오래전에 직장인들에게 영어를 가르친 적이 있다. 수업 끝나고 같이 차를 마시다가 한 학생의 어머님이 암 수술을 받고 투병 중이란 말을 들었다. 그가 눈물을 뚝뚝 떨어뜨리는 모습이 너무 안쓰러워 등을 다독여 줬다. 그는 그때 그 친절을 잊지 못한다며 나에게 아주 좋은 친구가 되어 주었다.

생각해 보면 나도 그런 친절을 받은 순간이 있다. 예전에 글 쓰기 수업을 들을 때, 두 번째 날에 너무 일찍 가는 바람에 근처 카페에 들어갔더니 같은 수업을 듣는 사람이 두엇 앉아 있었다. 책을 펼쳐 읽는 나에게 한 사람이 다가오더니 카페에서 파는 초콜릿 쿠키를 건넸다. 낯을 가리는 나에게 생글생글 웃으며 다가온 그 친절함이 어찌나 고맙던지. 그 후로 우리는 좋은 친구가 됐다.

'친절이야말로 인간이 가진 최고의 자질'이라는 로알드 달의 말에 적극 동의한다. 특히 자존감, 가성비, 각자도생, 갓생, 육각형 인간 같은 키워드가 우리 사회를 지배하는 요즘, '친절'이란 자질이 너무 평가절하된 건 아닌지 걱정될 때도 있다.

살아 볼수록 우리를 살리고, 넘어진 우리를 다시 일으켜 세우고, 절망 끝에서 다시 희망을 꿈꾸게 하는 계기는 타인의 사소한 친절일 때가 많다. 플라톤도 말하지 않았나, 당신이 만나는 사람들 모두 힘겨운 싸움을 하고 있으니 친절하게 대하라고.

한마디로 살아
있으면 되는
거야. 살아가다
보면 너처럼 현재
막막한 사람도
언젠가 소중한
무언가를 만날 수
있을지 몰라.

마에카와 호마레, 『흔적을 지워드립니다』

(이수은 옮김, 라곰, 2022)

내게는 트라우마까진 아니지만 문득문득 떠오르는 과거의 이미지가 몇 개 있다. 대개는 지독하게 가난했던 시절, 그러니까 반지하 단칸방에서 살 때 겪었던 괴로움이라거나, 취업이 되지 않아 막막한 마음에 끝없이 걷던 서울의 허름한 거리라거나, 생일 밤 혼자 식당에서 늦은 저녁을 먹었던 그런 이미지다.

왜 느닷없이 그런 기억이 떠오르는 걸까, 왜 나는 되새김질하는 소처럼 암담했던 그 기억을 씹고 또 씹는 걸까. 그러다 알았다. 의도하진 않았지만 내 뇌는 내가 그런 순간들도 버티고 살아남았기에 지금 이렇게 평화롭게 살고 있는 거라고 나를 열심히 일깨워 주고 있었다. 그때 뭐라 말할 수 없이 뭉클했다. 나의 뇌가 나를 보호하고 위로하는 느낌이랄까.

살다 보면 내가 지금 동굴에 갇혀 영원히 못 나갈 줄 알았는데 알고 보니 터널이었고, 그 끝에 빛이 기다리고 있다는 걸, 그 빛 속에서 이렇게 행복해도 되나 싶을 만큼 기쁘고 찬란한 순간이 온다는 걸 알게 될 때가 있다.

자신이 뭘 해야 할지, 뭘 좋아하는지, 뭘 할 수 있는지 몰라 해파리처럼 세상을 떠돌며 살고 싶다고 생각하는 소설의 주인공 와타루에게 엄마가 말해 준다. 살아 있기만 하면 된다고, 그러면 언젠가 소중한 무엇을 만나게 된다고. 그 구절을 읽으며 나도 격하게 고개를 끄덕였다. 이 고단한 세상에서는 그저 살아만 있어도 장하고 대단하다. 일단 살아 있다 보면 언젠가는 소중한 것도, 빛도, 기쁨도 볼 날이 온다.

우회도 방랑도
겪지 않고
목적지에 이르는
사람은 없다.

알베르트 키츨러, 『철학자의 걷기 수업』

(유영미 옮김, 푸른숲, 2023)

딸은 한국에 오면 틈틈이 친구들을 만난다. 이번엔 친가 쪽 또래 사촌들도 만나고 와서 같이 찍은 스티커 사진을 보여 줬다. 어렸을 때 본 아이들이 대학생이 된 걸 보니 세월이 무상했다.

딸과 이야기를 많이 하다 보니 딸 친구들 근황도 종종 듣는다. 대학이나 군대에 있는 아이들, 아직 진로를 정하지 못한 채 다양한 시도를 해 보는 아이들. 영국에서 1년 반쯤 지낼 때 친했던 친구들 소식까지 듣다 보면 마냥 귀여웠던 꼬맹이들이 성인이 되면서 겪는 고통에 안타까울 때도 많다.

천사 같던 아이가 마리화나 문제로 한 직장에 정착하지 못하고 있다는 이야기에 마음이 아팠고, 자기만의 세계에 갇혀 있던 아이가 성실한 대학생이 됐다는 소식에 기쁘기도 했다. 공황이 와서 고생하는 아이도 있고, 건강이 좋지 않아 계속 좌절하는 아이도 있었다.

그 아이들에게 키츨러의 말을 들려주고 싶었다. 살다 보면 길을 잃는 건 다반사고, 당연히 방황도 하게 된다. 특히 대학이나 세상에 나와 갑자기 자신의 인생을 책임지게 된 아이들은 혼란스러울 수밖에 없다. 그 와중에 나만 빼고 다른 친구들은 다들 야무지게 갈 길을 찾아가는 것처럼 보인다. 그러니 외롭고 고통스럽지.

그런 아이들에게 말해 주고 싶다. 너희가 방황할 때도 어른들은 그 길 끝에서 작은 등불 하나 밝히고 기다릴 거라고, 그러니 너무 외로워 말라고. 힘든 시기도 지나가기 마련이라고.

모호함을
수용한다는 것은
하나의 길로
선택해 나아갈 때
그 길이 불완전한
길일 수 있음을
인정한다는 걸
의미한다. 이 길은
단지 그 순간에
우리가 할 수 있는
최선의 선택이다.

멜리사 달, 『웅크린 감정』

(강아름 옮김, 생각이음, 2021)

2023년 4/4분기 출산율이 0.68이라나. 유튜브에서 본 통계에 깜짝 놀랐다. 현재 전쟁 중인 우크라이나보다 한국의 출산율이 더 낮다는 말도 나왔다. 인구 문제 때문에 머잖아 아파트 가격이 폭락할 거라는 말에 아파트가 없는 나마저 겁이 났다.

생각해 보니 이런 공포는 코로나가 시작될 때도 휘몰아쳤다. 코로나 특수로 금리가 1퍼센트대였던 그때는 현금을 들고 있으면 벼락거지가 되니 어서 투자하라는 광풍이 불었다. 그때도 투자는 커녕 현금도 없었지만, 아무튼 벼락거지가 될 거라는 공포에 시달렸다. 이건 뭐 가진 건 없이 공포만 껴안고 사는 꼴.

이런 무시무시한 시국이라 일이 들어오는 대로 다 받고 있는데, 어느 날 박산호가 살기 어려운가? 왜 저리 온갖 것에 다 손을 대냐고 출판계 사람들이 뒷말한다는 소리를 전해 들었다. 나는 이렇게 대답했다. "진짜 먹고살기 어려워서 그러니 좋은 기회 있으면 연락하라고 해."

그렇다, 요즘은 경제도, 정치도, 세상도 오리무중이다. 하루에 사과 한 알 먹는 재미로 살던 나에게 백화점에서 파는 사과 한 알이 19800원이란 시대가 올 줄 몰랐고, 인공지능에 내 일자리를 뺏길 위험이 닥칠 줄 몰랐다.

안 돌아가는 머리를 애써 돌리며 생각한 끝에 나온 결론은 하나였다. 막연하고 모호한 시대를 있는 그대로 받아들이자. 짙은 안개로 뒤덮인 것처럼 한 치 앞을 알 수 없는 세상에서도 어떻게든 살아가려면 안개 장막을 온몸으로 뚫고 가는 수밖에 없다.

사는 동안 반드시
해내야 할 일은?
자신의 이야기를
찾고 만나고
만드는 것.

정혜윤, 『삶의 발명』

(위고, 2023)

누군가에게 내가 살아온 이야기를 한 적이 있었다. 조용히 내 이야기를 듣던 사람이 이렇게 말했다. "잘 들었어요. 마치 한 편의 잘 정리된 소설 같았어요. 그런데 나에게 살아온 세월을 이야기하라고 하면 난 잘 못할 것 같아요."

내가 그럴 수 있었던 건 아마도 에세이를 여러 권 쓰면서 지나간 내 삶을 돌아보고, 꾸준히 기록하고, 거기에서 의미를 길어 올렸기 때문일 것이다. 그것이 타인의 마음을 움직일 수 있는가, 이 문제는 차치하더라도 그런 작업을 꾸준히 해 두면 나에게 남는 것은 바로 나의 '이야기'다.

최근에 번역가 선배의 에세이를 읽었다. 처음엔 내가 다 아는 이야기가 나오리라 생각했지만, 책을 읽다가 그만 감동해 버렸다. 그의 나이, 학력, 인생 내력, 취미, 작업 스타일처럼 객관적인 사실들만 알고 있어서는 도통 알 수 없는 지극히 내밀하면서도 충실한 기록이 책 속에 펼쳐져 있었다.

선배는 어렸을 때는 가정환경이 좋지 않았다. 하지만 직장에 다니는 아내를 위해 요리와 살림을 도맡았고, 열심히 농사지으면서 땅과 흙과 나무와 풀과 접하며 깨우친 삶의 이치가 그 어떤 철학자의 이야기보다 더 웅숭깊었다. 그렇게 그는 그 어떤 부자나 권력자나 유명 인사보다 행복하고 알차게 살고 있었다.

그 책을 읽고 나서 자신의 이야기를 찾아서 만들어 가고 그걸 단단하게 굳히는 것이 한 인간의 자존과 행복에 아주 크나큰 토대가 된다는 사실을 새삼 깨달았다. 자신의 이야기를 만드는 것. 그건 생각보다 어렵지 않다. 노트 한 권과 펜으로 시작해서 계속 쓰다 보면 어느새 자신의 인생이 하나의 거대한 이야기가 되어 도도히 흐르는 장면을 목격하게 되리라. 그 거대한 이야기의 강이 나를 지켜 주는 물결이 된다.

자신을 괴롭히는
것으로부터 진정
벗어나고 싶다면,
다른 곳으로
갈 것이 아니라
다른 사람이
되어야 한다.

철학자 세네카

085

2박 3일 동안 순천과 구례를 도는 여행에 초대받았다. 봄꽃이 활짝 피어나는 아름다운 남도를 실물로 보고 싶었다. 그래도 망설인 이유는 시바견 해피 때문이었다. 특유의 까칠한 성격과 매일 산책해야 하는 특성상 어디 맡기기가 쉽지 않았다. 결국 엄마에게 맡기고 여행을 떠났다.

여행은 황홀했지만, 걱정은 가시지 않았다. 첫날 밤 전화로 아무 일 없으니 마음껏 즐기다 오라는 엄마의 목소리를 듣고서야 안심했다. 그렇게 여정을 마치고 집에 들어서는 순간, 경악했다. 해피는 긴 목줄을 질질 끌며 집 안을 돌아다니고, 하얀 침대 시트에는 핏방울이 점점이 떨어져 있었다.

알고 보니 엄마는 하지 말라는 내 당부에도 불구하고 해피를 산책시키려다 손을 물렸고, 무서워서 목줄도 못 풀고 놔둔 것이다. 엄마의 다친 손을 보고 다시는 해피를 맡기지 않겠다고 결심했다. 사실, 다시는 여행을 가지 말자는 생각까지 했는데.

작년 여름 해피에게 발을 물린 엄마를 보고 놀라 울음을 터뜨린 딸에게 엄마가 했다던 말씀이 떠올랐다. "살다 보면 개에게 물려서 다칠 때도 있고 별일이 다 있는 법이야. 고작 이런 일에 울지 마."

피 묻은 시트를 세탁기에 돌리고, 그동안 산책을 못한 해피와 함께 걸으며 생각했다. 엄마의 지난 인생은 정말 개에게 물린 것쯤은 껌일 만큼 고달프기 그지없었다. 하지만 어려움이 닥칠 때마다 두 딸을 생각하며 어떻게든 헤쳐 나갔다. 어쩌면 내가 엄마에게 물려받은 가장 큰 유산은 그렇게 도망치지 않고 버텨 내는 기질인지도 모른다.

제가 가지고
있었던 수백, 수천
가지 바보 같은
아이디어들이
결국 저를 좋은
아이디어로
이끌었습니다.
그러니 여러분도
스스로에게 실패할
기회를 주어야
해요.

미국 가수 겸 배우 테일러 스위프트

영국에서 식당을 운영하는 언니와 한국의 외식업에 관한 이야기를 하다가 젊은 나이에 성공한 사람들 이야기로 이어졌다. 언니는 내가 말한 유명한 디저트 카페나 레스토랑의 대표들이 대부분 있는 집 자식이라는 점을 지적했다.

그 뒤로도 '그들은 실패해도 또 기회가 주어진다'는 언니의 말이 좀처럼 마음에서 떠나지 않았다. 그리고 나를 포함한 주위 사람들을 생각했다. 서른 가지가 넘는 아이스크림 가게에서 익숙한 맛만 사는 습관, 대박이라고 검증된 영화만 극장에서 보는 심리, 베스트셀러라면 안심하고 사는 마음, 남들이 줄 서는 식당은 나도 가야 할 것 같은 강박.

이것은 절대 실패하지 않겠다는 견고한 결심, 실패하면 끝이라는 두려움과 닮았다. 그런 면에서 요즘 내게 "다음엔 또 어떤 글을 쓸 거야?"라고 묻는 사람들의 눈빛에는 나를 향한 걱정이 읽힌다. '과연 이 사람이 이렇게 좌충우돌해서 먹고살 수는 있는 건가?'

하지만 나는 지금 나에게 실패할 기회를 주고 있다. 새 길을 내지 않으면 오히려 더 큰 시련이 닥칠 거라는 위기감 때문이다. 내가 생활의 압박을 어디까지 견딜 수 있을지 시험해 보는 중이다. 어쩌면 이게 나에게 실패할 기회를 주는 마지막일지도 몰라서 나는 내 등을 힘껏 밀어 주고 있다.

**"나티코, 기적이
일어날 여지를 꼭
남겨 두세요."**

비욘 나티코 린데블라드, 『내가 틀릴 수도 있습니다』

(박미경 옮김, 다산초당, 2024)

연초에 의식처럼 치르던 행사를 올해는 생략했다. 단골이 된 사주 선생님에게 몇 년째 전화로 묻곤 했었다. 올해는 식구들이 다 건강할까요? 신작이 대박날까요? 그리고 남친은 생길지 습관처럼 물었는데. 이번에는 마음이 동하질 않았다.

이만큼이나 살아 보니 운명을 결정짓는 건 정성과 노력과 실천이라는 점을 뼈저리게 느꼈기 때문이다. 무엇보다 소원이 현실에서 이루어지길 바라는 건 전지전능한 자가 나를 콕 집어서 행운을 던져 주기를 바라는 게으른 심보라는 사실을 깨달았다.

좋게 말하면 나이 듦의 미덕일 수도 있고, 현실적으로 말하면 철이 들어서 그럴지도 모르겠다. 대신 올해부터는 좀 다른 각도로 꿈에 접근하고 있다. '올해는 딱 5킬로그램만 빠지게 해 주세요'라고 다이어리에 쓰는 대신 일주일에 세 번은 무조건 땀 흘리며 운동한다. 책이 나올 때마다 '이번에는 대박 나게 해 주세요'라고 비는 대신 원고 한 번 고칠 거 두 번 고치고, 한 사람에게 보여 줄 거 두 사람에게 보여 주며 피드백을 요청했다. 그리고 내 책을 한 사람에게라도 더 알리기 위해 부단히 고민한다.

그렇게 더는 내가 할 수 있는 것이 없다고 생각될 때 '기적이 일어날 여지를 남겨 두기로' 했다. 지성이면 감천이라고, 이렇게까지 했으면 하늘도 좀 도와주지 않을까. 결국 뜻대로 되지 않더라도 개운함은 남겠지. 그러고 나면 내 안에 남은 뭔가가 다시 앞으로 나아가게 밀어붙일지도 모른다. 포기하지 않는 한 게임은 끝나지 않았다고 속삭이면서. 아마도 그것이 진짜 기적일지도 모르겠다.

네가 문을 쾅
닫아 버려 기쁨이
따라오지 못했을
때에도 기쁨은
너를 다정하게
안아 주려고
기다리고 있어.

달라이 라마. 데스몬드 투투, 『기쁨의 발견 JOY』

(안희경 옮김, 하루헌, 2023)

해피와 하는 밤 산책을 좋아한다. 겁이 많은 해피는 목청껏 소리를 지르며 놀이터에서 힘껏 뛰어다니는 아이들이 많은 낮의 산책을 두려워한다. 그래서 요즘은 부드러운 어둠이 깔리고 희미하게 달빛이 비칠 때 집을 나서서 해피와 앞서거나 뒤서거나 걸어간다.

그날도 그런 밤이었다. 해피와 걷다가 좁은 길목에서 목발을 짚은 사람과 마주쳤다. 얼핏 보니 키가 작고 머리가 뽀글뽀글한 60대 여성이었다. 목발을 짚고 절뚝절뚝 걸어가는 그가 혹시라도 해피를 무서워할까 봐 얼른 비키려다 깜짝 놀랐다.

그 사람은 우리는 아랑곳하지 않고 엉엉 울면서 걸어가고 있었다. 다 큰 어른이. 아니, 할머니라고 불러도 무방할 분이 아이처럼 목 놓아 울고 있다니. 나는 천천히 멀어지는 그분의 뒷모습을 한참 지켜봤다.

다시 해피와 걷다가 오래전 내가 엉엉 울었던 때가 떠올랐다. 그날은 내가 어른이 된 후 가장 슬픈 날이었다. 내가 부엌 바닥에 주저앉아 큰 소리로 울자 어린 해피가 주춤주춤 다가와 내게 안겼더랬다. 그때는 몰랐다. 언젠가는 기쁨이 다시 찾아오리라는 걸. 지금은 가슴 터지게 아파도 다시 아하하하 웃을 날도 온다는 걸. 이제는 보이지 않는 그분의 등에 대고 마음속으로 말했다. 지금은 서럽게 우시지만 언젠가는 반드시 기쁨이 찾아올 거예요.

예전에는 넘어지지
않도록 고개
숙여 한 발짝
앞만 바라보았다.
하지만 지금은
다르다. 고개를
들고 앞을 똑바로
바라볼 수 있게
되었다.

우치다 에이지, 『미드나잇 스완』

(현승희 옮김, 해피북스투유, 2023)

코로나가 끝난 후 경기가 극도로 안 좋아진 것이 피부로 느껴지고, 출판계에서 떠도는 흉흉한 소문들을 들을 때마다 걱정이 쌓여 간다. 개인적으로 도와 달라는 지인들의 연락에 놀라고 마음이 아픈 적도 몇 번 있었다. 사실, 경기도 문제지만 어쩌면 책의 운명은 이제 몰락을 향해 가는 게 아닌가 싶어 암울해질 때도 있다.

그래도 이 위기 앞에서 한 가지 다행인 것은, 도움을 청한 그들이나 나나 지금까지 절대 쉽지 않은 인생을 살아왔다는 사실이다. 이게 어떻게 위로가 될 수 있겠냐고 묻는다면 이렇게 대답할 수밖에 없다.

평생을 이기는 싸움만 하고 살아온 사람은 한 번의 패배, 그것도 아주 가벼운 패배에 무너지기도 한다. 지는 법을 모르니까. 졌을 때 어떻게 악착같이 버티면서 다시 올라가야 하는지, 어떤 멘탈로 고난의 시절을 지나가야 하는지 모르기 때문이다. 하지만 수없이 지면서 살아온 사람은 다르다. 그들은 넘어지더라도, 심지어 부러지더라도 부러진 잔해들을 그러모아 다시 일어선다. 달리 방법이 없으니까.

지금은 우리 모두 한 발짝 앞만 보고 가야 하는 시절이지만, 언젠가는 고개를 들고 먼 미래를 보며 뚜벅뚜벅 나아갈 수 있는 시절이 올 것이다. 그렇다고 나는 확신한다.

너는 꽃이야,
너는 너의 계절에
피어날 거야.

김지윤, 『연남동 빙굴빙굴 빨래방』

(팩토리나인, 2023)

어느 모임에 나갔다. 모임을 주최한 후배 말고는 아는 사람이 하나도 없고, 사람들의 나이와 직업도 다양한 모임이었다. 후배는 나를 "10년 가까이 유망주를 담당하는 작가"라고 소개했다. 나는 웃었지만, 마음 한편으로 씁쓸했다.

그러게, 나는 언제쯤 유망주라는 자리를 벗어날 수 있을까? 그건 차치하고, 매번 책을 쓸 때마다 느끼는 좌절과 실망이 사라지긴 할까. 언젠가는 내 책이 기세 좋게 팔리는 걸 보는 날이 올까.

하지만 고작 책 아홉 권을 쓰고 바라던 성과가 나오지 않는다고 투덜거리기엔 나보다 더 많은 시도 끝에 좌절한 사람이 셀 수 없이 많으니 민망한 노릇이기도 하다. 꿈을 이루지 못해 조용히 절망하며 사는 사람은 많지만, 늦게라도 이루는 사람은 극소수다. 어쩌면 그래서 그런 사람들의 이야기가 더 소중할지도 모른다.

그중 하나가 미국의 화가 앨리스 닐이다. 1900년에 태어난 앨리스는 부모님의 뜻에 따라 비서로 일하다 어느 날 자기 마음대로 인생을 살겠다고 결심하고 미술 학교에 가서 온갖 상을 휩쓴다. 그 후로 이혼하고, 친딸을 빼앗기고, 정신병원에 가고, 가난에 시달리면서도 그는 그림을 계속 그렸다. 평범한 사람들의 영혼을 드러낸 초상화를.

그러나 그의 놀라운 재능은 그림을 시작한 지 무려 40년이 지나서야 세상에 알려졌다. 그의 일생을 보니 "너는 꽃이야. 너는 너의 계절에 피어날 거야"라는 말이 떠올랐다. 우리는 각자의 계절에 피어난다. 문제는 그 계절이 언제일지 모른다는 것. 그래도 언젠가는 꽃이 피리라 생각하면 조금 위로가 된다.

매일 연습하라.
작가는 자신이
오랫동안
실패하리라는
사실을 알아야
한다.

루이즈 디살보, 『최고의 작가들은 어떻게 글을 쓰는가』

(정지현 옮김, 예문, 2015)

두 번째로 쓴 장편소설이 세상에 나왔다. 첫 번째 소설이 스릴러였기 때문에 청소년 소설인 이번 작품은 어떤 반응이 나올지 궁금했다. 첫 소설은 내게 기쁨과 모욕을 동시에 안겨 줬다. 한 지인은 잘 읽었다면서 다음부턴 좀 더 문학성이 있는 소설을 쓰라는 훈계(?)를 넌지시 건넸고, 리뷰를 써 준다던 어떤 작가는 약속과 달리 침묵으로 일관해 내 소설이 그렇게 형편없었나 하는 자괴감에 빠뜨렸다. 또 한 친구는 그간 스릴러를 번역하면서 알게 된 트릭들을 다 짜깁기해서 쓴 게 아니냐고 했다. 농담이라고 해도 지나친 농담이었다.

이어서 장편 하나, 단편 하나를 말아먹은 후 마침내 세상에 나온 두 번째 소설이었기에, 나는 무의식중에 사람들의 인정을 바랐던 것 같다. 그저 그런 반응이 나오면 소설은 그만 써야지, 속으로 생각했다. 그러다 한 선배 작가의 서평에 울컥했다. 그것은 소설을 쓰는 사람만이 알 수 있는 나의 고뇌를 누구보다 잘 알고 이해한 글이었고, 첫 소설보다 이번에 나온 소설이 훨씬 더 좋다는 말로 나를 격려하는 글이었다. 그걸 보자 묘한 안도감이 들었다. 계속 소설을 써도 된다는 허락을 받은 듯한 기분이었다.

앞으로도 계속 소설을 쓰면서 여러 번 실패하겠지. 아마도 혹평은 자주, 호평은 띄엄띄엄 찾아오겠지. 그러나 이제는 돌이킬 수 없다. 이미 소설 쓰는 재미를 알아 버렸으니까. 그러니 오랫동안 실패할 거란 예언을 들어도 계속 노트북 앞에 앉을 것이다. 언젠가는 더 많은 독자와 만나는 꿈을 꾸면서.

맑은 날씨만
계속되면
사막이 된다.

스페인 속담

이 문장을 보는 순간 딸이 떠올라 가슴이 쿵 내려앉았다. 처음 딸을 낳았을 때 제일 먼저 든 감정은 두려움이었다. 이 험한 세상에 딸이라니. 그간 여자라서 겪었던 다양한 어려움과 억울함이 떠올랐고, 나는 앞으로 딸에게 닥쳐올 문제들을 미리 상상하며 괴로워했다. 그러다 어떻게든 강하게 키우자고 마음을 다독였다.

그런 두려움은 살면서 줄어드는 게 아니라 커져만 갔다. 아이에게 작은 문제라도 생기면 걱정의 불길이 활활 타올랐다. 정작 나는 그리 다정한 엄마가 아니었다. 한 부모 가정의 가장이란 무게가 녹록지 않았다.

딸은 자라면서 다들 한 번씩 겪고 넘어가는 다양한 문제를 겪었고, 아팠고, 그 과정을 통해 성장했다. 코로나가 시작된 해에 고3이 된 딸이 쓰러졌을 땐 너무 괴로워서 그 고통을 외면하고 싶었고, 어서 빨리 해결되길 바랐다. 하지만 그때 우리 모녀는 그 어느 때보다 오랜 시간을 같이 보내며 이야기를 많이 했다. 덕분에 우리의 사이는 더 도타워졌고, 인생을 바라보는 관점도 달라졌다.

이제는 안다. 내 인생도, 딸의 인생도 언제까지나 맑은 날씨만 이어질 수 없음을. 맑음, 흐림, 비, 더위, 폭풍우가 골고루 섞인 것이 날씨이듯 기쁜 일, 슬픈 일, 괴로운 일, 행복한 일이 골고루 섞여 흘러가는 것이 인생임을. 이제는 딸의 인생에 맑은 날씨만 오길 바라는 대신 비가 내리는 날 우산을 같이 써 줄 사람이 생기길, 비바람에 우산이 날아가도 다시 집어 들고 뚜벅뚜벅 걸어가는 사람이 되길 바란다.

진정한 여행이란
새로운 풍경을
찾는 것이 아니라
새로운 눈을
가지는 것이다.

소설가 마르셀 프루스트

2022년을 뜨겁게 달군 드라마 『나의 해방일지』. 배우 손석구가 구씨로 나와 특유의 야성적인 매력을 물씬 풍겼던 드라마지만, 정작 내가 그 드라마에 몰입했던 이유는 따로 있었다. 바로 경기도민으로서 일상적으로 겪는 불편과 서러움의 정서였다. 실제로 그 드라마를 보면서 무수한 경기도민이 나와 같은 감정을 느꼈다는 간증이 이어졌다. 그래서 누구와 만나자고 약속을 정할 때 내가 사는 일산으로 찾아오겠다는 사람이 있으면 급감동이 몰려오는 증상이 생겼다.

얼마 전에도 그런 지인이 찾아왔다. 밥을 먹은 후 그가 일산에 10년 넘게 살고 있는 나도 모르는 홍콩식 밀크티 전문점에 가보자고 했다. 덕분에 홍콩 영화가 전성기를 달리던 80년대 홍콩 분위기가 물씬 풍기는 고풍스러운 실내장식에 둘러싸여 달콤한 밀크티를 마셨다.

집으로 돌아오는 길에 모험심 충만한 동네 친구가 생각났다. 음식에 진심인 그는 종종 나는 존재조차 몰랐던 맛집이나 희한한 카페에 나를 데려간다. 철학자 칸트처럼 아는 식당과 카페와 마트만 가는 나는 덕분에 발견한 새로운 풍경에 매번 감탄했는데.

이번엔 서울러에게 일산을 한 수 배우다니. 피식 웃음이 나오는 한편 인생도 비슷하다는 생각이 들었다. 좁은 시야로만 세상을 보면 서울 같은 거대 도시에 살아도 바늘 하나 꽂을 상상력도 없을 수 있다. 반면 궁벽한 소도시에 살아도 호기심이 왕성한 사람의 세계는 끝없이 넓고 깊어진다. 결국 상상력과 호기심의 차이가 내 세계의 크기를 결정한다고 생각하게 된 티타임이었다.

우리가 지금 여기에
이 모습으로
존재하는 것은
우리가 애초에
그렇게 상상했기
때문이다.

배우 도널드 커티스

느닷없이 내 인생이 의아해질 때가 있다. 꼬마인 내가 고개 한 번 돌리니 50대가 돼 버린 양 멍해져서 내가 왜 여기서 이렇게 살고 있나, 어리둥절하다. 어렸을 때부터 꼭 서울에서 살고 싶긴 했다. 고향인 소도시는 너무 좁아서 몇 다리만 거치면 모두가 모두를 아는 촘촘한 관계망이 징그럽고 갑갑했다. 그래서 기어코 서울로 왔는데, 결국 정착한 곳은 일산이었다.

일도 그렇다. 작가를 꿈꿨지만, 일찌감치 재능이 없음을 깨닫고 깨끗이 포기했다. 그렇게 번역가로 살다가 결국 작가가 됐다. 이것 역시 뜻밖이다. 학교 다닐 때 글짓기 대회를 휩쓴 적도 없고, 나에게 재능이 있다고 말해 준 사람도 없었다.

가족도 마찬가지. 일찍 결혼해서 아이를 많이 낳고 싶었는데 결국 딸 하나 키우는 싱글맘이 됐다. 아쉬운 대로 고양이와 강아지까지 쳐서 세 아이를 키우고 있다고 눙치곤 한다. 털 달린 아이들도 인간 아이만큼이나 손이 많이 가니까. 인간 둘과 동물 둘인 우리는 단란한 네 식구.

이렇게 인생의 대차대조표를 작성해 보니, 결국 나는 일곱 살 때 꿈꿨던 미래와 그리 다르지 않게 살고 있었다. 서울은 아니지만 서울 근교에 살고, 글을 쓰고, 아이도 셋이다. (하하하)

그건 사주 그러니까 운명의 힘이었을까. 아니면 내가 애초에 그렇게 상상했기 때문일까. 어쩌면 나의 무의식은 처음부터 은연중에 이런 일상을 꿈꿨던 게 아닐까. 그러니 누가 내게 꿈을 이뤘냐고 묻는다면? 잠시 망설이다가 고개를 끄덕일 것 같다.

내 인생의 가장
행복한 순간에,
나는 책을 향해
손을 뻗는다.
내 인생의 가장
슬픈 순간에,
책이 나를 향해
손을 뻗어온다.

바바라 데이비스, 『오래된 책들의 메아리』

(박산호 옮김, 퍼블리온, 2024)

"엄마가 내 엄마라서 좋아." 어느 날 딸이 말했다. 평소에도 다정한 딸이지만 이 말은 좀 궁금해져서 물었다. "왜? 엄마의 어떤 면이 좋은데?" "엄마는 마음이 열려 있잖아. 그래서 좋아." 생각보다 단순한 대답에 픽 웃고 말았다. "그건 내가 책을 많이 읽어서 그래."

내가 슬플 때 책이 나를 향해 손을 뻗어 온다는 구절은 내가 최근에 번역한 소설에 나온 말인데, 보는 순간 눈물이 났다. 그동안 책의 한 구절에 기대어 슬픔을 달랜 나날이 떠올랐기 때문이다.

막막한 일이 닥치면 사실 의지할 곳이 그리 많지 않다. 괴로운 시절이 길어질수록 더 그렇다. 가족도 언제까지나 도와줄 수 없고, 친구도 지치기 마련이며, 지인이라면 멀리멀리 도망갈 것이다. 그것도 모자라 내가 궁한 처지에 빠졌다는 사실이 나를 찌르는 무기가 될 수도 있다. 자본주의 사회라는 게 그렇다.

하지만 책은 언제나 나를 품어 주고, 어떻게든 살 궁리를 찾게 해 줬다. 무엇보다 나만 인생에 고통받는 게 아니란 사실을 명확하게 보여 줬다. 내가 인터뷰한 지식 큐레이터 전병근님도 삶이 힘들어질 때마다 앞서 살아간 철학자, 사상가 들이 살아가는 어려움을 토로한 글을 읽으며 힘을 냈다고 했다.

책은 왜 그렇게 야무지게 살지 못했냐고 나를 야단치지도, 모욕하지도 않고 언제나 곁을 내준다. 아낌없이 주는 나무의 현현이 책이 아닐까, 생각한 적도 있다. 그렇기에 인생이 막막할 때는 책을 펼쳤고, 그 힘으로 살아왔다. 언젠가 다시 슬픔이 다가와도 책이 내 옆에 있어 준다고 생각하면 덜 두려워진다. 산소 없이, 돈 없이 사는 걸 상상할 수 없듯 나는 책 없이 사는 것도 상상할 수 없다.

부정적인 태도는
창작의
큰 적이에요.

영화감독 데이비드 린치

20년 가까이 출판계에서 일하다 보니 수없이 많은 편집자를 만났다. 편집자들은 이직이 잦아서 몇 해에 걸쳐 여러 권을 같이 작업하는 편집자와는 우정 혹은 전우애 비슷한 것이 생긴다. 이 힘든 바닥에서 너나 나나 아직까지 버티고 있구나, 뭐 그런 애틋한 마음.

그렇다면 마음이 가는 편집자와 그렇지 않은 편집자를 가르는 기준은 뭘까, 생각해 보니 작가를 보는 시선 차이였다. 긍정적인가 아니면 부정적인가.

작가도 사람인지라 내 글을 형편없다고 보는 편집자보다는 나의 잠재력을 높이 평가하는 편집자가 고맙다. 작가의 작품에서 아주 작은 가능성이라도 포착했을 때 그걸 알려 주고 멋진 작품을 쓸 때까지 기다려 주는 것. 그런 편집자와 일할 때면 좋은 작품을 쓰고 싶다는 의욕이 이글이글 타오른다.

항상 결과물로 평가받아야 하는 창작자들은 대개 소심하고 멘탈이 약하다. 내가 첫 소설을 쓸 수 있었던 것도 나의 선생님이 항상 내 글을 칭찬해 준 덕분이다. 창작자만 그런 건 아닐 것이다. 소나기처럼 쏟아지는 혹독한 비판과 비난을 받으며 창작욕이나 근로욕을 불태우는 사람은 드물다. 마조히즘 성향을 지닌 소수가 아니라면 누구나 긍정적인 시선과 평가를 받을 때 영차영차 힘을 내기 마련이다. 길 가던 나그네의 옷을 벗긴 건 차갑고 매서운 바람이 아니라 따뜻한 햇빛이지 않았던가.

하루하루 자신에게
무슨 일이
생길지는 아무도
알 수 없다. 다만
중요한 것은
마음을 활짝 열고
그 일을 받아들일
준비를 하는
것이다.

조각가 헨리 무어

097

어렸을 때 나는 정말 재미없는 아이였다. 내가 장녀니 같이 살던 사촌까지 포함한 동생들에게 모범이 되어야 한다고 생각했고(동생들은 그런 나를 지겨워했지만), 여자 혼자 키우는 아이라 저 모양이라는 손가락질을 받지 않기 위해 부단히 노력했다. 그 결과 어른들이 하지 말라는 짓은 절대 하지 않았고(그 흔한 오락실이나 만화방 한 번 가지 않았다), 선행상을 종종 받았다.

그렇게 착하게 살아야 한다는 강박관념은 대학교에 가서 여지없이 박살 났다. 대학만 가면 해결된다던 문제들은 오히려 더 불어났다. 어른과 세상에 실망한 나는 어느새 멋대로 살고 있었다. 그건 또 그것대로 대가를 치러야 했다. 정규직이 되지 않은 것, 혼자서 아이를 키우는 것, 남들 다 하는 재테크나 돈에 관심이 없었던 것. 이 모두가 역풍이 되어 가차 없이 불어닥쳤다.

그러나 내 멋대로 사는 인생의 장점도 있다. 이제 나는 세상은 이렇고 사람은 이래야 한다는 고정관념을 버리고 빈자리에 내가 좋아하는 퍼즐을 하나씩 끼워 넣었다. 그러자 지루하던 내 삶이, 내 성격이, 나라는 사람이 흥미로워지기 시작했다.

무엇보다 이토록 지독하게 프리한 삶에서 배운 가장 큰 교훈이라면, 내일 나에게 무슨 일이 벌어질지 아무도 모른다는 사실을 받아들인 것이다. 어차피 인생은 계획대로 되지 않는다. 그러니 더 새로운 시도, 엉뚱한 시도, 인생을 거는 도전을 해 보는 거다. 물 들어올 때 노 젓는 게 아니라, 어디로 갈지 알 수 없는 물살에 먼저 몸을 실어 본다. 그러면 인생은 상상하지 못했던 풍경 속에 나를 데려다 놓는다.

세상은 거대한
기계야. 기계에는
꼭 필요한 부품이
필요한 개수만큼
들어 있지. 나도
어떤 이유가
있어서 여기에
있는 거야. 너 역시
마찬가지야.

브라이언 셀즈닉, 『위고 카브레』

(소담출판사, 2007)

띠. 띠. 띠. 띠. 현관문 번호 키를 누르는 소리가 들린다. 해피는 어느새 꼬리를 살랑거리기 시작한다. 문이 열리고 날마다 똑같은 풍경이 펼쳐진다. 팔순이 멀지 않은 엄마는 큰딸 집에 오면 옷소매부터 걷어붙이고 나물을 데치거나 과일을 씻거나 해피에게 간식으로 줄 양배추를 써느라 여념이 없다.

신세 진 사람들에게 선물하게 엄마의 장기인 누룽지를 만들어 달라고 부탁하면 엄마는 얼굴에 화색이 돌면서 목소리 톤이 올라간다. "그래, 널 도와주신 분이라면 얼른 만들어서 보내 드려야지." 엄마는 당신이 자식들에게 힘이 되고 도움이 되는 사람이라는 사실을 확인할 때마다 매우 기뻐하신다.

세상에서 내가 할 일이 있고, 내가 쓸모가 있는 사람이라는 사실을 확인하는 건 매우 중요하다. 나의 능력이 누군가에게 도움이 되어서 인정과 감사를 받는 것이 한 사람의 자존감을 올리는 데 얼마나 큰 역할을 하는지는 경험해 본 사람만 알 수 있다. 대학을 졸업하고 취직이 되지 않아 밤마다 이불 속에서 조용히 울어 본 경험 덕분에 나는 일할 곳 없고 불러 주는 곳 없는 청년들의 비애를 잘 안다.

청년만 그런가. 회사에서 밀려나고, 장사가 안돼서 가게를 접고, 하루아침에 직업이 없어질 때 우리는 우리의 쓰임이 사라졌다는 사실에 좌절한다. 나 역시 다르지 않다. 그럴 때마다 나는 지금까지 알고 있던 것과 다른 방식으로 나의 쓰임이 있을 거라고 애써 생각한다. 단지 시간이 좀 걸릴 뿐이다, 세상에서 나의 쓰임을 알아내기까지.

만약 제가 과거로
돌아갈 수 있다면,
저는 그냥 서서
제 인생에 일어난
여러 일을
진실하게 온전히
목격할 겁니다.
그 일들이 결국
어떻게 될지
안다면요.

질리언 매캘리스터, 『잘못된 장소 잘못된 시간』

(이경 옮김, 시옷북스, 2023)

코로나가 시작될 무렵 고3이 된 딸은 어느 날 학원에서 모의고사를 치르다가 쓰러졌고, 공황장애라는 진단이 나왔다. 그때 내가 겪은 가장 큰 고통은 자책감이었다. 아이가 이렇게 된 건 내 탓이 아닐까. 싱글맘 밑에서 크다 보니 나도 모르는 결핍이 컸던 게 아닐까. 아이를 무심코 방치했던 건 아닐까.

밤마다 아이가 어렸을 때를 떠올리며 이랬으면 어땠을까, 저랬으면 또 어땠을까, 수도 없이 시뮬레이션했다. 딸이 배 속에 있을 때 대학원 시험 본다고 태교는 안 하고 영어 단어만 외웠던 게 안 좋았을까. 젖을 먹이면서도 한 손으로 『이코노미스트』를 들고 읽을 정도로 아이와 교감을 못 한 게 원인이 됐을까. 아이가 놀아 달라고 조르다 일하고 있는 내 노트북의 마우스 끈을 가위로 잘라 버렸을 때. 아이가 가위로 자기 머리를 엉망으로 잘라 버렸을 때. 나는 엄마 노릇을 게을리한 모든 증거를 찾아서 매일 밤 나를 심판하며 괴로워했다.

질리언 매캘리스터의 추리소설 『잘못된 장소 잘못된 시간』은 어느 평화로운 오후 엄마가 무심코 창가에 섰다가 열여섯 살 아들이 살인을 저지르는 장면을 목격하면서 시작된다. 엄마는 계속 과거로 돌아가 아들의 살인을 막을 방법을 찾으면서 끝없이 자책한다. 내가 아들에게 너무 무심해서 그런 비극이 일어난 게 아닐까. 주인공이 너무나 나 같아서 눈물이 났다.

소설에서 타임 리프 전문가는 엄마에게 말한다. 자기가 과거로 돌아갈 수 있다면 그 과거를 온전히 목격할 거라고. 그 말에 나는 고개를 끄덕였다. 과거로 돌아갈 순 없지만, 현재에는 가능하다. 사랑하는 사람을 집중해서 지켜봐 주고 옆에 있어 주는 것. 그럴 수 있어 감사하다고 자주 생각한다.

그리하여

온 세상이

등 돌리고

선 듯한 절망에

빠진다 해도

그 이응 안에서

자기 자신만은

스스로를 꽉

안아 주면

좋겠습니다.

김멜라, 작가노트 「소설이 굴러가는 길」,

『2024 제15회 젊은작가상 수상작품집』

(문학동네, 2024)

작년에 건강이 너무 안 좋아서 한동안 개인 PT를 받았다. 운동 중간중간 젊은 PT 쌤과 나누는 스몰토크가 꽤 재미있었다. 서로 가까이 살면서도 활동 영역은 너무 달랐기 때문이다. 우리는 서로가 좋아하는 카페와 식당 정보를 나누며 그 거대한 차이에 신기해했다.

좁게는 일산에 관한 이야기였지만, 사실 우리는 같은 세상에 살면서도 아주 다른 세상에 존재하는 것이 아닐까. 우파는 좌파의 세상을 모르고, 좌파는 우파의 세상을 모른다. 사랑이 많은 세상과 반감이 많은 세상은 천국과 지옥처럼 다르다. 나에겐 긍정과 부정의 세계가 그러했다. 우주가 내게 분배한 내 몫의 평지풍파를 어렸을 적부터 겪어 온 나는 대처 메커니즘으로 '긍정'을 택했다.

그러지 않을 도리가 없었다. 긍정 대신 부정을 선택했다면 나는 비뚤어졌을 것이고, 그 결과 지금보다 더 낮은 곳으로 추락했을 것이며, 지금 내가 바라보는 세상을 바라보지 못했을 것이다. 긍정의 시선이 아니었다면 사채 이자처럼 꼬박꼬박 찾아오는 위기를 넘기지 못하고 무너졌을 것이고, 작가가 되지도 못했을 것이다.

누군가 인생에는 '한다'와 '하지 않는다'라는 두 가지 선택지밖에 없다고 했는데, 인생을 바라보는 렌즈는 크게 긍정과 부정이 있다고 생각한다. 내가 긍정이란 렌즈를 택한 이유는 그 편이 훨씬 더 크고 너른 세상을 볼 수 있어서다. 세상을 부정할 때 갈 수 있는 길은 거의 없지만, 세상을 긍정하면 어떻게든 길을 찾아내니까. 딸이 내게 붙여 준 '긍정의 여왕'이란 별명이 썩 마음에 든다. 물론 돈도 많은 여왕이면 더 좋겠지만.

긍정의 말들
: 삶이 레몬을 내밀면 나는 레모네이드를 만들겠어요

2024년 7월 24일   초판 1쇄 발행
2024년 9월 14일   초판 2쇄 발행

지은이
박산호

펴낸이   **펴낸곳**   **등록**
조성웅   도서출판 유유   제406-2010-000032호(2010년 4월 2일)

                 주소
                 경기도 파주시 돌곶이길 180-38, 2층 (우편번호 10881)

전화   **팩스**   **홈페이지**   **전자우편**
031-946-6869   0303-3444-4645   uupress.co.kr   uupress@gmail.com

                 페이스북   **트위터**   **인스타그램**
                 facebook.com   twitter.com   instagram.com
                 /uupress   /uu_press   /uupress

편집   **디자인**   **조판**   **마케팅**
김은우, 조은   이기준   한향림   전민영

제작   **인쇄**   **제책**   **물류**
제이오   (주)민언프린텍   라정문화사   책과일터

ISBN 979-11-6770-095-7 03810